वह भयानक रात

[किशोर कहानियाँ]

किशोर साहित्य माला

वह भयानक रात

शरत्चन्द्र चट्टोपाध्याय

बांग्ला से अनुवाद

अमर गोस्वामी

रेमाधव पब्लिकेशन्स प्राइवेट लिमिटेड

ISBN : 978-81-89914-27-1

पहला संस्करण : 2011
तीसरा संस्करण : 2022

प्रकाशक
रेमाधव पब्लिकेशन्स प्रा. लि.
7/31, अंसारी रोड, दरियागंज
नई दिल्ली-110 002
ई-मेल : contact@remadhav.com
वेबसाइट : www.remadhav.com

मुद्रक
बी.के. ऑफसेट
नवीन शाहदरा, दिल्ली-110 032

आवरण एवं भीतर के चित्र : सुब्रतो विश्वास
शरत्चन्द्र चट्टोपाध्याय का चित्र : अमित हालदार

मूल्य : ₹150

रेमाधव पब्लिकेशन्स
प्राइवेट लिमिटेड

Wah Bhayanak Raat (Stories) : Sharatchandra Chattopadhyay; Published by Remadhav Publications Pvt. Ltd., Office : 7/31, Ansari Road, Daryaganj, New Delhi Delhi-110 002

First Edition : 2011
Third Edition : 2022

Price : Rs. 150

अनुक्रम

लालू : एक

बचपन में मेरा एक दोस्त था। उसका नाम था लालू। आज से बहुत साल पहले, यानी इतना पहले कि आज तुम लोग ठीक से सोच भी नहीं सकते, हम दोनों एक छोटे-से बंगाली स्कूल में एक ही क्लास में पढ़ते थे। हम लोग उस समय दस-ग्यारह साल के रहे होंगे।

लोगों को डराने और परेशान करने के कितने ही तरीके उसके दिमाग में आते रहते थे, इसका कोई हिसाब नहीं। एक बार उसने अपनी माँ को रबड़ का साँप दिखाकर ऐसा डराया था

कि भागने के चक्कर में उनके पैर में मोच आ गयी थी। वे सात-आठ दिनों तक लँगड़ाकर चलती रहीं। उन्होंने गुस्से में लालू के पिता से उसे पढ़ाने के लिए एक मास्टर रख देने लिए कहा। उन्होंने कहा, "वह मास्टर हर दिन शाम को आकर पढ़ाया करेगा, जिससे लालू को शरारत करने का मौका न मिले।"

लालू की माँ की बात सुनकर लालू के पिताजी ने कहा, "इसकी कोई जरूरत नहीं। मेरे लिए भी कभी कोई मास्टर रखा नहीं गया था। अपनी मेहनत से पढ़कर आज मैं नामी वकील बना हूँ। मैं चाहता हूँ कि मेरा बेटा भी इसी तरह पढ़ाई करे। मगर शर्त यह है कि जिस साल लालू अपनी क्लास में अव्वल नहीं आएगा, उसी साल से उसके लिए घर में पढ़ानेवाला एक मास्टर आ जाएगा।"

इस तरह लालू की उस बार जान छूटी पर वह अपनी माँ से मन-ही-मन बहुत नाराज हुआ। आखिर वे उसे परेशान करने के लिए मास्टरजी को उसके सिर पर लाद रही थीं। उसे पता था कि घर में मास्टर बुलाने और पुलिस बुलाने में ज्यादा फर्क नहीं था।

लालू के पिताजी गाँव के पैसेवाले आदमी थे। कुछ साल पहले उन्होंने अपना पुराना मकान तुड़वाकर तिमंजिला मकान बनवाया था। तभी से लालू की माँ चाहती थीं कि वे अपने गुरुदेव को भी एक बार इस घर में बुलाकर उनके पैरों की धूल लें। मगर उनके गुरु की भी उम्र काफी हो चुकी थी। अपने गाँव फरीदपुर से इतनी दूर आने के लिए वे राजी नहीं हुए। मगर इस बार संयोग से उन्हें ऐसा मौका मिल गया। गुरुदेव सूर्यग्रहण के मौके पर काशी गये थे। वहाँ से उन्होंने चिट्ठी भेजी थी कि वे लौटते समय लालू की माँ नन्दरानी को आशीर्वाद देने उनके यहाँ आएँगे। लालू की माँ की खुशी का ठिकाना नहीं रहा। वे गुरुदेव के आवभगत की तैयारी में लग गयीं। उन्हें खुशी थी कि इतने दिनों के बाद अब उनकी मनोकामना पूरी होगी। गुरुदेव उनसे

मिलने यहाँ आएँगे। उनके पैरों की धूल से उनका घर पवित्र हो जाएगा। मकान की पहली मंजिल के एक कमरे का सारा सामान हटा दिया गया। वहीं गुरुदेव के रहने का इन्तजाम किया गया। उनके लिए नये निवाड़ की खाट मँगवायी गयी। गुरुदेव के सोने के लिए नये बिस्तर बनवाये गये। उस कमरे के एक कोने में उनकी पूजा-पाठ की जगह बना दी गयी, क्योंकि तिमंजिले के पूजाघर में जाने के लिए उन्हें उतनी सीढ़ियाँ चढ़ने-उतरने में तकलीफ होती।

कुछ दिनों बाद गुरुदेव वहाँ आ पहुँचे। मगर उस दिन मौसम बहुत खराब था। आसमान में घने काले बादल छाये हुए थे। जैसी तेज आँधी चल रही थी, वैसी ही बारिश भी हो रही थी। पानी रुकने का नाम ही नहीं ले रहा था।

इधर घर में मिठाई वगैरह बनाने, फल-फूल सजाने आदि तमाम कामों के बोझ के कारण लालू की माँ को दम लेने की फुर्सत नहीं थी। इन्हीं कामों से वक्त निकालकर वे अपने हाथों से मसहरी टाँगकर बिस्तर वगैरह सब झाड़-झूड़कर मसहरी को बिस्तर में खोंसकर उनके सोने का सारा इन्तजाम करके चली गयीं। फिर बातचीत करते हुए काफी रात हो गयी। गुरुदेव सफर में बहुत थक गये थे। भोजन करके वे सो गये। तब घर के नौकरों को भी छुट्टी मिली। नर्म गद्देदार बिछौने पर लेटे हुए गुरुदेव ने खुश होकर मन ही मन नन्दरानी को आशीर्वाद दिया।

मगर आधी रात को अचानक उनकी नींद टूट गयी। उन्होंने देखा कि छत से उनकी मसहरी को भेदकर उनकी भारी-भरकम तोंद पर पानी टपक रहा था। वह पानी भी बेहद ठण्डा था। वे हड़बड़ाकर पलंग से नीचे उतर गये और अपने तोंद को पोंछने लगे। उन्होंने सोचा, नन्दरानी ने नया मकान बनवाया है मगर इतनी जल्दी वहाँ की कड़ी धूप से छत में दरार पड़ गयी? निवाड़ की खाट भारी नहीं थी। वे उसे मसहरी समेत कमरे के दूसरे कोने में खींचकर ले गये। फिर उस पर लेट गये। मगर मुश्किल से आधा मिनट बीता होगा, जैसे ही उन्हें नींद आयी होगी कि पहले की तरह फिर से उनकी तोंद पर ठीक उसी

जगह बर्फ की तरह ठण्डा पानी टपकने लगा। गुरुदेव को फिर से उठना पड़ा। खाट को खींचकर फिर वे दूसरी तरफ ले गये। बड़बड़ाते हुए बोले—"लगता है यह छत एक छोर से दूसरे छोर तक फट गयी है।" उन्होंने एक बार फिर सोने की कोशिश की। उनके पेट पर फिर से पानी टपकने लगा। वे उठ गये। एक बार फिर अपनी तोंद से पानी पोंछा। लाचारी में खाट को खींचकर फिर एक ओर ले गये। लेकिन सोते ही उनकी तोंद पर फिर से बरसात होने लगी। उन्होंने और एक बार उस खाट को खींचा। मगर कोई राहत नहीं मिली।

इस बार उन्होंने पाया कि उनकी तोंद के अलावा उनका बिस्तर भी भीग गया था। अब उसपर सोना मुश्किल था। वे परेशानी में पड़ गये। बेचारे बूढ़े आदमी थे। अनजानी जगह पर दरवाजा खोलकर बाहर जाने में भी उन्हें डर लगता था। मगर कमरे के अन्दर रहना भी खतरनाक था। क्या पता, यह कमजोर छत कहीं टूटकर उनपर न गिर पड़े। धड़कते दिल से वे दरवाजा खोलकर बाहर आ गये। बाहर एक लालटेन जरूर जल रही थी पर आसपास कोई आदमी नहीं था। चारों तरफ घना अँधेरा छाया हुआ था।

बरसात जितनी तेज हो रही थी, हवा भी उतनी तेज चल रही थी। बाहर खड़ा रहना मुश्किल था। घर के नौकर-चाकर कहाँ थे, वे किस कमरे में रहते थे, गुरुदेव को कुछ भी पता नहीं था। उन्होंने वहीं खड़े-खड़े हाँक लगायी, पर कोई जवाब नहीं मिला। वहाँ एक तरफ एक बेंच पड़ी थी। लालू के पिताजी के गरीब मुवक्किल आकर वहीं बैठते थे। लाचार होकर गुरुदेव वहीं बैठ गये। अपनी हालत देखकर उनके दिल को ठेस लगी, उन्हें बहुत बुरा लगा, मगर कोई चारा नहीं था। हवा के साथ पानी की बौछार भी उन तक पहुँच रही थी। वे ठण्ड से काँपने लगे थे। उन्होंने धोती के पल्ले को अपनी देह में लपेटकर, दोनों पैरों को भरसक ऊपर उठाकर, जितना हो सकता था अपने शरीर को गठरी बनाकर गर्म करने की कोशिश की। तरह-तरह की चिन्ताओं और परेशानियों से उनका शरीर बिलकुल जकड़ गया था। इसलिए उन्हें गुस्सा भी आने लगा था। नींद से उनकी पलकें भारी हो

गयी थीं, उस दिन भोजन भी उन्होंने कुछ ज्यादा कर लिया था, उस पर रात को वे सो भी नहीं पा रहे थे, इन सबसे उन्हें खट्टी डकारें आने लगीं। वे चिन्ता में पड़ गये।

अचानक ऐसे में एक और परेशानी शुरू हो गयी। दो मोटे-मोटे मच्छर उनके कानों के पास आकर गुरुदेव को अपना भजन सुनाने लगे। गुरुदेव इस वक्त सोना चाहते थे। नींद से बोझिल उनकी पलकें खुलना नहीं चाह रही थीं लेकिन उन्हें खयाल आया कि पता नहीं इन मच्छरों की संख्या कितनी होगी। दो मिनट बीतते न बीतते गुरुदेव को पता चल गया कि वहाँ ढेर सारे मच्छर थे। उनकी सेना को नजरअन्दाज करनेवाला बहादुर दुनिया में कोई नहीं था। उनके काटने से जैसी जलन होती थी वैसी ही खुजलाहट भी। गुरुदेव झटके से वहाँ से उठकर दूसरी जगह चले गये। मगर मच्छर उनका साथ छोड़ने के लिए राजी नहीं थे। कमरे में जिस तरह पानी टपकने के कारण रहना मुश्किल था, बाहर मच्छरों के कारण उसी तरह टिकना मुश्किल था। हाथ-पैरों को लगातार हिलाते हुए तथा गमछे से लगातार हवा करते रहने के बावजूद किसी भी तरह उनके हमलों से गुरुदेव बच नहीं पाये। गुरुदेव एक कोने से दूसरे कोने तक लगातार दौड़ते रहे। उतनी ठण्ड में भी उन्हें पसीना आ गया। उनके जी में आया कि वे गला फाड़कर चिल्लाएँ। मगर उन्हें लगा कि यह बच्चों-जैसी हरकत हो जाएगी, इसलिए वे चुप रहे। उन्होंने कल्पना की आँखों से देखा, नन्दरानी नर्म बिस्तर पर मसहरी लगाकर आराम से सो रही थीं। घर के सभी लोग अपनी-अपनी जगह मजे से सोये हुए थे। बस अकेले वे ही इधर-उधर भाग रहे थे। तभी किसी घड़ी में चार बजने की आवाज आयी। उन्होंने खीजकर मच्छरों से कहा, "दुष्टों, जितना काटना हो, काट लो। अब मुझसे बर्दाश्त नहीं होता।" यह कहकर बराण्डे के एक कोने में अपनी पीठ भरसक बचाकर वे उठँगकर बैठ गये। सोचा—'सुबह तक अगर मैं जिन्दा रह जाऊँ तो फिर इस मनहूस जगह में फिर नही आऊँगा। पहली वाली गाड़ी से ही अपने घर चला जाऊँगा। यहाँ आने के लिए क्यों मेरी जरा भी इच्छा नहीं करती थी, अब इसका कारण समझ में आ गया।' मगर देखते-देखते सभी

दुखों को हरनेवाली नींद ने उनकी रात-भर की सभी तकलीफों को गायब कर दिया—वे बेहोशी जैसी हालत में सो गये।

सुबह अँधेरा रहते नन्दरानी उठ गयीं। वे गुरुदेव की सेवा में जुट गयीं। रात में गुरुदेव ने सिर्फ नाश्ता ही किया था, हालाँकि वह भोजन से बढ़कर था, फिर भी नन्दरानी को लग रहा था कि वे अपने गुरुदेव को जिस तरह खिलाना चाहती थीं, नहीं खिला पायीं। आज दिन में जैसे भी हो सेवा-आवभगत में कोई कसर बाकी नहीं रखनी थी।

वे नीचे उतर आयीं। देखा, दरवाजा खुला था। गुरुदेव उनसे पहले जग गये थे। यह देखकर नन्दरानी को थोड़ा संकोच हुआ। उन्होंने कमरे में झाँका, मगर गुरुदेव नजर नहीं आये। दक्षिण की ओर रखी चारपाई उत्तर की ओर पहुँच गयी थी, उनके कैम्बिस का झोला जो खिड़की पर रखा था, वह फर्श के बीचोबीच रखा हुआ था। पूजा के बर्तन, आसन आदि चीजें इधर-उधर बिखरी पड़ी थीं। नन्दरानी की समझ में कुछ नहीं आया। उन्होंने बाहर आकर नौकरों को बुलाया। वे लोग अभी सोये हुए थे। तो फिर गुरुदेव अकेले कहाँ चले गये? अचानक उनकी नजर एक जगह पड़ते ही वे चौंक गयीं। बाहर एक कोने के अँधेरे-उजाले में एक आदमी जैसा बैठा कोई नजर आया। हिम्मत करके नन्दरानी ने थोड़ा आगे बढ़कर गौर से देखा तो उन्हें गुरुदेव नजर आये। वे घबराकर चीख पड़ीं—गुरुदेव! ओ गुरुदेव!

गुरुदेव की नींद टूट गयी। उन्होंने अपनी आँखें खोलकर सामने देखा। फिर धीरे-धीरे सँभलकर बैठ गये। नन्दरानी ने घबराहट, चिन्ता और शर्म से रुआँसी होकर पूछा, "गुरुदेव आप यहाँ इस तरह क्यों बैठे हैं?"

गुरुदेव ने खड़े होते हुए कहा, "रात-भर मुझपर क्या गुजरी, अब तुम्हें क्या बताऊँ बेटी!"

"क्यों गुरुदेव?"

"तुमने नया मकान खूब तबीयत से बनवाया है मगर इसकी छत बहुत

कमजोर है। रात-भर पानी सिर्फ बाहर ही नहीं बरसा, मुझपर भी बरसता रहा। अपनी चारपाई जिधर भी खींचकर ले जाता, वहीं पानी टपकता रहता। कहीं घर की छत सिर पर न गिर पड़े इस डर से मैं बाहर भाग आया। मगर यहाँ भी चैन नहीं मिला। मोटे-मोटे मच्छरों की भीड़ ने रात-भर काट-काटकर बुरा हाल कर दिया, इधर से भागकर उधर जाता था, उधर से भागकर इधर आता था, कहीं भी बचाव नहीं था। मेरा आधा खून तो लगता है बेटी, इन मच्छरों ने ही चूस लिया।

इतनी कोशिशों से मान-मनुहार से वृद्ध गुरुदेव को अपने यहाँ बुलाने के बाद उनकी ऐसी दुर्दशा देखकर नन्दरानी की आँखें भर आयीं। वे बोलीं, "मगर गुरुदेव, यह मकान तो तिमंजिला है। आपके कमरे के ऊपर भी और दो कमरे हैं। बरसात का पानी दो-दो छतों से टपककर इस कमरे तक कैसे आ सकता है? अचानक उन्हें लगा कहीं यह अपने शरारती लालू की नयी शैतानी न हो। उन्होंने झटपट आगे बढ़कर बिस्तर पर हाथ फेरकर देखा, बीच का काफी हिस्सा भीग चुका था। मसहरी से अभी भी बूँद-बूँद पानी टपक रहा था। फटाफट मसहरी खोलने के बाद नन्दरानी को कपड़े में लिपटी बर्फ नजर आयी, जो अभी भी पूरी गली नहीं थी, अभी भी एक छोटा-सा टुकड़ा बचा हुआ था। वे गुस्से से कमरे से बाहर निकली उनके सामने जो नौकर आया, उससे चीखते हुए बोलीं, "वह शैतान जहाँ भी हो, तू सबसे पहले उसका कान पकड़कर ले आ।"

लालू के पिताजी तभी सीढ़ियों से नीचे उतरते हुए नजर आये। अपनी पत्नी को वैसा कहते देखकर चौंककर बोले, "ऐसा क्यों कह रही हो? क्या हुआ है?"

नन्दरानी रूँधे गले से बोलीं, "या तो तुम अपने बेटे को इस घर से विदा करो नहीं तो मैं आज ही गंगा में डूबकर इस पाप का प्रायश्चित करूँगी।"

"उसने ऐसा क्या कर दिया?"

"बिना किसी दोष के उसने गुरुदेव की क्या हालत कर दी है, तुम जाकर

खुद ही अपनी आँखों से देख लो।''

यह सुनकर लालू के पिता उस कमरे में गये। नन्दरानी ने सारी बात बतायी, उन्हें सब दिखाया। उन्होंने अपने पति से कहा, ''ऐसे पाजी लड़के को घर पर रखकर कैसे आदमी बनाया जा सकता है, तुम्हीं बताओ?''

गुरुदेव को सारी बात समझ में आ गयी। अपनी बेवकूफी पर वे जोर से हँस पड़े।

लालू के पिताजी ने किसी तरह अपनी हँसी दबायी।

उस नौकर ने आकर कहा, ''लालूबाबू कोठी में नही हैं।'' एक और नौकर ने आकर खबर दी—''लालूबाबू मौसीजी के यहाँ नाश्ता कर रहे हैं। मौसाजी ने अभी यहाँ भेजने के लिए मना किया है।''

मौसीजी यानी नन्दरानी की छोटी बहन। उनके पति भी वकील थे। वे लोग दूसरे मुहल्ले में रहते थे।

उस बार लालू दस-पन्द्रह दिनों तक अपने घर नहीं लौटा।

लालू : दो

सबलोग उसे लालू के नाम से बुलाते थे। पर उसका अच्छा नाम कुछ और था। तुम लोगों को पता ही होगा कि 'लालू' का मतलब प्यारा भी होता है। उसका यह नाम किसने रखा था पता नहीं, लेकिन मनुष्य के साथ नाम की संगति अकसर बैठ जाती है। वह वाकई सभी का प्यारा था।

हम लोग जब स्कूल से निकलकर कालेज में भर्ती हुए, तब लालू ने कहा अब वह कोई कारोबार करेगा। अपनी माँ से कुछ रुपये लेकर उसने ठेकेदारी शुरू कर दी। हम लोगों ने कहा, "तुम्हारी पूँजी तो

बहुत कम है।" उसने हँसते हुए कहा, "मेरे लिए इतना ही काफी है।"

चूँकि सभी उसे चाहते थे इसलिए उसे काम मिल गया। अकसर कॉलेज के रास्ते में नजर आता कि लालू सिर पर छाता ताने कई कुली-मजदूर लेकर सड़क के छोटे-मोटे मरम्मत के काम में जुटा हुआ है। हम लोगों को देखकर मजाक में कहता—"यहाँ से भागो, नहीं तो तुम लोगों के परसेण्टेज के खाते में गिरावट दर्ज हो जाएगी।"

और भी बचपन में जब हम लोग बांग्ला स्कूल में पढ़ते थे तब वह हम सभी का मिस्त्री था। उसके बस्ते में हमेशा एक खरल का लोहा, एक नहन्नी, एक टूटी छुरी, छेद करने के लिए एक पुरानी मोटी कील, एक घोड़े की नाल आदि पड़ी रहती थी। पता नहीं उसने कहाँ से यह सब इकट्ठा किया था, लेकिन इन चीजों से वह दुनिया-भर की चीजें सुधार देता था। पूरे स्कूल के सभी के छाते वही सुधारता, स्लेट की फ्रेम लगा देता, खेलते वक्त जिसका कपड़ा फट जाता उसके कपड़े सिल देता—ऐसे न जाने कितने काम वह कर देता। वह किसी के काम से इनकार नहीं करता था और काम भी बखूबी करता था। एकबार छठ पर्व के दिन कुछ रुपयों से रंगीन कागज और 'सोला' खरीदकर कोई नया खिलौना बनाकर उसने गंगा के घाट पर अपनी दुकान लगाकर ढाई रुपये कमा लिये। उसी से उसने हम लोगों को पेट भरकर मूँगफली खिलायी थी।

इस तरह साल बीतते गये। हम लोग बड़े हो गये। जिमनास्टिक के अखाड़े में लालू के जोड़ का कोई नहीं था। उसके बदन में जैसी ताकत थी, वैसा ही वह हिम्मती भी था। डर नाम की क्या चीज होती है, शायद वह जानता नहीं था। वह किसी के भी बुलावे पर पहुँच जाता, किसी के भी संकट में मदद करने सबसे आगे रहता। बस उसका एक ही दोष था कि किसी को डराने का मौका मिलने पर वह फिर अपने को रोक नहीं पाता था। फिर वह चाहे कोई बच्चा हो या बड़ा, यहाँ तक कि अपने अध्यापकों को भी उसने नहीं छोड़ा था। हमें यह सोचकर हैरानी होती कि लोगों को डराने की इतने सारे विचित्र तरीके उसके दिमाग में कैसे आते थे।

दो-एक घटनाओं का मैं जिक्र कर रहा हूँ।

उस बार मुहल्ले के मनोहर चटर्जी के यहाँ काली–पूजा थी। आधी रात हो गयी थी। बलि देने का मुहूर्त बीत रहा था। मगर बलि देनेवाला व्यक्ति नदारद था। लोग उसे बुलाने दौड़े। वहाँ जाकर देखा कि वह आदमी पेट दर्द से बेहोशी में छटपटा रहा था। उन लोगों ने लौटकर जब उसके न आ सकने की खबर दी तो सब चिन्ता में पड़ गये। अब क्या किया जाय? अब इतनी रात को बलि देनेवाला दूसरा आदमी कहाँ मिलेगा? देवी की पूजा में विघ्न पड़ने की नौबत आ गयी। किसी ने सुझाया—"अपना लालू, बकरा काटने में पारंगत है। उसने ऐसे कितने बकरे काटे हैं।" फिर तो उसे बुलाने कुछ लोग दौड़े। लालू उस वक्त सो रहा था। उसे जगाने पर उसने सबकुछ सुनकर मना कर दिया।

"नहीं जाओगे तो देवी की पूजा में विघ्न पड़ जाएगा। सर्वनाश हो जाएगा।"

"होना है तो हो। जब मैं समझदार नहीं था, मेरी उम्र कम भी, तब यह काम करता था, मगर अब नहीं करूँगा।"

जो लोग उसे बुलाने आये थे वे सिर पीटने लगे। अब दस–पन्द्रह मिनट से ज्यादा वक्त नहीं रह गया था। उसके बाद सब बेकार हो जाएगा। तब फिर महाकाली का क्रोध सभी पर टूटेगा। लालू के पिता ने भी आकर उससे जाने के लिए कहा। बोले, "वे लोग मजबूरी में यहाँ आये हैं, अब नहीं जाने पर अन्याय होगा। लिहाजा तुम चले जाओ।" अपने पिता की बात टालने की हिम्मत लालू में नहीं थी।

लालू को देखकर चटर्जी बाबू के मन में आशा जगी। अब वक्त बहुत कम रह गया था। जल्दी–जल्दी बकरे को माँ को भेंट करके उसके माथे पर सिन्दूर लगाया गया, उसके गले में गुड़हल के फूलों की माला पहनायी गयी, फिर उसे बलिवेदी पर लाया गया। घरवालों के भक्तिभाव से और 'माँ–माँ' की जोरदार आवाज में असहाय, उस जीव की आखिरी करुण आवाज दब गयी। लालू ने हाथ के खाँड़े को उठाकर पूरी ताकत से वार किया। बलि देते ही खून के फुहारे से वहाँ की काली मिट्टी लाल हो गयी। लालू ने कुछ देर तक अपनी आँखें मूँद रखीं। धीरे–धीरे घण्टे–घड़ियाल, ढाक–ढोल आदि का मिलाजुला

शोर खत्म हुआ। जो दूसरा मेमना पास ही खड़ा काँप रहा था, उसके भी गले में गुड़हल की माला डाली गयी, उसके माथे पर सिन्दूर का तिलक लगाया गया। फिर वही बलिवेदी, वही छटपटाती हुई मिमियाहट और भीड़ की माँ-माँ की पुकार। एक बार फिर लालू का खून से सना खाँड़ा ऊपर उठकर बिजली की तेज गति से नीचे आया। उसके खून से वहाँ की मिट्टी और लाल हो गयी।

ढोलकिये पागलों की तरह ढोल बजा रहे थे। आँगन की भीड़ से तरह-तरह की आवाजें आ रही थीं। सामने के बरामदे में गलीचे के आसन पर बैठकर मनोहर चटर्जी आँखें बन्द कर जप कर रहे थे। अचानक लालू ने बड़े जोर से हुँकार लगायी। सभी सन्नाटे में आ गये। सभी भौचक्के थे, यह क्या हुआ? लालू की फैली हुई आँखों की पुतलियाँ जैसे नाच रही थीं। उसने चिल्लाकर पूछा, "और बकरे कहाँ हैं?"

घर के किसी व्यक्ति ने डरते हुए कहा, "अब और बकरे तो नहीं हैं। हम लोगों के यहाँ सिर्फ दो बलियाँ ही होती हैं।"

लालू ने अपने खून सने खाँड़े को सिर के ऊपर दोबारा घुमाकर कर्कश कण्ठ से चीखते हुए कहा, "नहीं है? ऐसा नहीं चलेगा। मेरे सिर पर खून सवार हो गया है। जल्दी बकरा लाओ, नहीं तो मेरे सामने जो भी आएगा उसे ही पकड़कर नरबलि दूँगा। माँ-माँ, जय काली।" यह कहकर जोर से छलाँग लगाकर बलिवेदी के इस तरफ से उस तरफ कूद गया। उसके हाथ का खाँड़ा उस वक्त सनसनाकर घूम रहा था। इस वक्त जो काण्ड हुआ उसे कहकर बताना मुश्किल है। सभी हड़बड़ाकर लालू के डर से बाहर के दरवाजे की ओर भागे। भागने के चक्कर में भयंकर ठेलमठेल और जल्दबाजी के चलते वहाँ दक्ष-यज्ञ जैसा माहौल पैदा हो गया। कोई जमीन पर गिरकर लुढ़क गया, कोई घुटनों के बल चलकर किसी की टाँगों के नीचे से निकलने की कोशिश करने लगा, किसी की गर्दन किसी किसी की बगल में दबकर उसकी साँस बन्द होने की नौबत आ गयी, कोई किसी गिरे हुए की पीठ पर पैर रखकर भागने की कोशिश में मुँह के बल गिर पड़ा। मगर यह सब क्षण-भर में ही घटित हो गया। उसके बाद वहाँ एक भी आदमी नजर नहीं आया।

लालू ने गरजकर पूछा, "मनोहर चटर्जी कहाँ हैं? पुजारी जी कहाँ हैं?"

पुजारी एक दुबले-पतले सज्जन थे। वे उस गोलमाल के दौरान अपनी जान बचाने के लिए मूर्ति की ओट में छिप गये थे। गुरुदेव कुशासन पर बैठकर चण्डीपाठ कर रहे थे, वे भी भागकर देवी दालान के एक खम्भे के पीछे छिप गये थे। मगर भारी-भरकम शरीरवाले मनोहर चटर्जी के लिए भागना कठिन था। लालू ने आगे बढ़कर झट से उनका हाथ पकड़ लिया। कहा, "अब चलो बलिवेदी पर, वहाँ बलिकाठ पर तुम ही अपनी गर्दन डाल दो।"

एक तरफ तो उसके हाथ की जबरदस्त पकड़, उसपर दूसरे हाथ में खून सना खाँड़ा, भय से चटर्जी बाबू का खून सूख गया। वे रुआँसे होकर हाथ जोड़कर बोले, "जरा शान्त हो जाओ लालू बेटा! गौर से देखो, मैं बकरा नहीं, आदमी हूँ। मैं रिश्ते में तुम्हारा ताऊजी लगता हूँ बेटा! तुम्हारे पिता मेरे छोटे भाई की तरह हैं।"

"यह सब मैं नहीं जानता। मेरे सिर पर खून सवार है। चलो तुम्हारी बलि दे दूँ। माँ का आदेश है।"

मनोहर चटर्जी फूट-फूटकर रोने लगे। बोले, "नहीं बेटा, माँ का आदेश नहीं है। माँ कभी ऐसा आदेश नहीं देंगी। वे तो जगत् जननी हैं।"

लालू ने कहा, "जगत् जननी! अगर यह बात तुम जानते हो तो फिर बकरे की बलि क्यों? फिर ऐसा काम करोगे? मुझे बलि देने के लिए बुला भेजोगे, जवाब दो।"

मनोहर चटर्जी उसी तरह रोते हुए बोले, "कभी नहीं बेटा! अब कभी ऐसा नहीं करूँगा। माँ के सामने तीन बार कसम खाता हूँ, आज से मेरे यहाँ बलि बन्द।"

"सच कहते हो?"

"बिल्कुल सच बेटा। अबसे कभी नहीं। मेरा हाथ छोड़ दो बेटा, मुझे हाजत लगी है।"

लालू ने हाथ छोड़कर कहा, "ठीक है जाओ, तुम्हें छोड़ दिया। मगर पुजारी किधर भाग गया? वह कहाँ है?" यह कहकर वह फिर से हुंकार

भरकर जैसे ही छलाँग लगाकर देवी दालान की तरफ बढ़ा कि देवी की मूर्ति के पीछे से और खम्भे की ओट से दो अलग-अलग गले से रोने की आवाज आयी। वह मिलाजुला स्वर इतना हँसी पैदा करनेवाला था कि लालू अब अपने को सँभाल नहीं पाया। हा-हा-हा कहकर जोर से हँसते हुए उसने धम से जमीन पर उस खाँड़े को फेंक दिया और वहाँ से घर की ओर भागा।

तब सबकी समझ में आया कि अभी तक लालू जो कर रहा था, सब नाटक था। लालू ने शैतानी करके सबकी हालत खराब कर दी थी। देखते-देखते भागे हुए सभी लोग वहाँ आ पहुँचे। देवी की पूजा अभी बाकी थी। उसमें अब तक काफी विघ्न पड़ चुका था। फिर उस शोरगुल के बीच चटर्जी बाबू सभी के सामने बार-बार कसम खाते हुए बोले, "उस शैतान लड़के को अगर कल सुबह ही उसके पिता से पचास जूते न लगवाये तो मेरा नाम मनोहर चटर्जी नहीं।"

मगर लालू को जूते नहीं खाने पड़े थे। सुबह होते ही वह कहाँ भाग गया, सात-आठ दिनों तक उसका पता नहीं चला। उसके बाद एक दिन अँधेरे में छिपकर उसने मनोहर चटर्जी के यहाँ पहुँचकर उनके पैर छूकर जब माफी माँगी तब जाकर उसके पिता का गुस्सा शान्त हुआ। मगर चूँकि मनोहर चटर्जी ने देवी के सामने कसम खायी थी इसलिए चटर्जीबाड़ी की काली पूजा में उसके बाद से बलि बिलकुल बन्द हो गयी।

लालू : तीन

हमारे शहर में उन दिनों ठण्ड पड़ गयी थी। उन्हीं दिनों अचानक हैजे का प्रकोप नजर आया। उन दिनों हैजे के नाम से लोगों के हाथ-पैर ठण्डे हो जाते थे। अगर मुहल्ले में किसी को हैजा हो जाता तो डर के मारे लोग वह मुहल्ला छोड़ देते थे। इस बीमारी से मरनेवालों का दाह करना मुश्किल हो जाता। मगर उन बुरे दिनों में भी हमारे यहाँ एक भले आदमी थे। इन कामों से कभी मुँह नहीं मोड़ते थे। उनका नाम गोपाल ताऊ था। उनके जीवन का उद्देश्य ही दाह-संस्कार था। जब भी कोई काफी बीमार पड़ता तो वे डॉक्टर

के पास जाकर उसके बारे में पूछ आते थे। उसके बचने की उम्मीद न होती तो वे कन्धे पर गमछा रखकर नंगे पाँव घण्टे-दो घण्टे पहले ही उसके यहाँ पहुँच जाते। हम कुछ लोग उनके चेले थे। वे चेहरा गम्भीर करके हमसे कहते—"अरे, आज रात को तैयार रहना। कहीं ऐसा न हो कि बुलाऊँ तो पता न चले। राजद्वारे श्मशाने च—शास्त्रों की बात याद है न?"

"जी, बिलकुल याद है। आपकी आवाज सुनते ही हम गमछा लेकर निकल पड़ेंगे।"

"बिलकुल ठीक, यही तो होना चाहिए। इससे ज्यादा पुण्य का काम दुनिया में और कोई नहीं है।"

हमारे दल का एक सदस्य लालू भी था। अपने ठेकेदारी के काम से कहीं बाहर न गया होता तो वह कभी इनकार नहीं करता था।

उस दिन शाम को गोपाल ताऊ बहुत उदास होकर हमारे पास आकर बोले, "बिष्टु पण्डित की पत्नी भी चल बसीं।"

हम सभी चौंक गये। बेचारे बिष्टु भट्टाचार्य बेहद गरीब थे। बांग्ला स्कूल में उनसे हम लोग बचपन में पढ़े थे। वे हमेशा बीमार ही रहते थे और पत्नी ही उनका सहारा थीं। दुनिया में उनका अपना कहने को कोई नहीं था। उनके जैसा सीधा-सादा, बेसहारा आदमी मैंने कहीं नहीं देखा था।

उस वक्त रात के आठ बजे थे। हम लोग पण्डितजी की पत्नी को खाट समेत उनके कमरे से बाहर आँगन में ले आये। पण्डितजी आँखें फाड़े देखते रहे। उनकी नजरों में कितनी हताशा थी, कहा नहीं जा सकता, उसे जीवन-भर भुलाना मुश्किल है।

उनके शव को उठाते समय पण्डितजी ने बहुत धीमे स्वर में कहा, "मैं साथ नहीं जाऊँगा तो मेरी पत्नी की मुखाग्नि कैसे होगी?"

किसी के कुछ कहने से पहले लालू बोल उठा—"यह काम मैं करूँगा पण्डितजी! आप हमारे गुरु हैं, इस नाते वे हमारी माँ थीं। हम सभी जानते हैं कि पण्डितजी के लिए श्मशान तक पैदल जाना कठिन है। बांग्ला स्कूल उनके घर से पाँच मिनट के रास्ते पर था। वहीं तक हाँफते हुए पहुँचने में उन्हें आधा घण्टा समय लगता था।"

पण्डितजी थोड़ा चुप रहकर बोले, "उसकी अरथी ले जाते समय क्या उसके माथे पर थोड़ा सिन्दूर नहीं लगाएगा लालू?"

"जरूर लगाऊँगा पण्डितजी!" कहकर वह झट से कमरे में जाकर सिन्दूर की डिब्बी उठा लाया। उसमें जितना सिन्दूर था सब उसने पण्डितजी की पत्नी के माथे पर उलट दिया।

'हरि बोल' नाम लेते हुए हम लोग घर की गृहिणी को हमेशा के लिए घर से निकालकर आगे बढ़े। पण्डितजी दरवाजे का पल्ला पकड़े चुपचाप हमें देखते रहे।

गंगातट पर स्थित श्मशान गाँव से दूर था। कोई पाँच-छह किलोमीटर तो रहा ही होगा। वहाँ पहुँचकर जब हमने मुर्दे की खाट नीचे रखी, उस वक्त रात के दो बजे थे। लालू मुर्दे को छूकर जमीन पर पैर फैलाकर बैठ गया। हममें से एकाध और लोग भी जगह तलाश कर आसपास थककर लेट गये। उजाले पाख की द्वादशी की चाँदनी में उतने बड़े श्मशान में दूर-दूर तक कोई भी नहीं था। गंगा के उस पार से ठण्डी-ठण्डी हवा से पानी में लहरें उठ रही थीं। उनमें से कोई-कोई लहर लालू के पैरों तक आकर पछाड़ खाकर लौट जाती थी। शहर से बैलगाड़ी में जलाने की लकड़ियाँ आती थीं, उसके आने में अभी देर थी। करीब एक-डेढ़ किलोमीटर दूर डोमों की बस्ती थी, यहाँ आते वक्त हम लोग उन्हें आवाज देकर आये थे। उनका भी कुछ ठीक नहीं था कि वे कब तक आएँगे।

सहसा गंगा के उस पार आसमान के आखिरी छोर से काले बादल उत्तरी हवा के झोंकों से तेजी से बढ़ते हुए इधर ही आने लगे। गोपाल ताऊ ने घबड़ाते हुए कहा, "आसार अच्छे नजर नहीं आ रहे हैं। पानी बरस सकता है। इस ठण्ड में पानी में भीगने से हम सब भी बीमार पड़ जाएँगे।"

वहाँ आसपास सिर छिपाने की कोई जगह नहीं थी। कोई बड़ा पेड़ तक नहीं था। वहाँ से कुछ दूर ठाकुरबाड़ी के आमबागान में मालियों के घर जरूर थे लेकिन उतनी दूर भागते हुए जाना सम्भव नहीं था।

देखते-देखते आसमान में काले बादल घिर आये। चाँदनी अँधेरे में डूब

गयी। उस पार से पानी बरसने की सों-सों आवाज कानों में आयी। फिर धीरे-धीरे वह करीब आती गयी। लोगों के बदन पर शुरूआती तौर पर तीर की तरह कुछ बूँदें आकर पड़ीं। अब क्या किया जाए, यह सोचते-सोचते मूसलाधार बरसात होने लगी। लाश को वहीं छोड़कर सब अपनी जान बचाने वहाँ से भागे।

बरसात बन्द होने के घण्टा-भर बाद एक-एक कर सभी लौट आये। अब तक आसमान भी साफ हो गया था। चाँदनी के कारण खूब उजाला हो गया था। तब तक लकड़ी लादकर बैलगाड़ी भी आ गयी थी। गाड़ीवान लकड़ियाँ तथा शवदाह की दूसरी चीजें उतारकर लौटने की तैयारी कर रहा था। मगर अभी तक दोनों का पता नहीं था। गोपाल ताऊ ने कहा, "लगता है इतनी ठण्ड में वे घर से बाहर निकलना नहीं चाहते।"

मति ने कहा, "मगर लालू कहाँ चला गया? उसने कहा था कि वही चिता में आग लगाएगा। कहीं डर के मारे अपने घर तो नहीं भाग गया?"

गोपाल ताऊ ने लालू के प्रति गुस्सा जताते हुए कहा, "वह ऐसा नहीं है। मगर इतना ही डर था तो मुर्दा छूकर यहाँ बैठा क्यों था? मैं उसकी जगह होता तो बिजली भी गिरती तो भी यहाँ से न हिलता।"

"मुर्दे को अकेला छोड़कर जाने से क्या होता है ताऊ?"

"बहुत कुछ होता है।"

"श्मशान में अकेले बैठे रहने में आपको डर नहीं लगता है।"

"डर? मुझे डर लगेगा? कुछ नहीं तो हजार मुर्दे जला चुका हूँ।"

फिर मति से कुछ कहते हुए नहीं बना। क्योंकि ताऊ को खुद पर गर्व करना शोभा देता था। श्मशान में नजदीक ही दो कुदालें पड़ी हुई थीं। ताऊ ने उनमें से एक उठाते हुए कहा, "मैं यहाँ खोदता हूँ। तुम सब मिलकर लकड़ियाँ उतारो।"

ताऊ अपने काम में लग गये, हम अपने काम में। नीरू ने कहा, "इस बीच लाश फूलकर दुगुनी लग रही है न?"

ताऊ ने अपनी ही धुन में जवाब दिया—"लग ही सकती है। मुर्दे का रजाई-गद्दा सभी कुछ पानी में भीग गया है।"

"मगर रुई भीगकर तो चपटी हो जाएगी, फूलेगी क्यों?"

ताऊ खीजकर बोले, "बलिहारी तेरी बुद्धि को। जो कर रहा है उसी में मन लगा।" हमने चुपचाप सारी लकड़ियाँ उतार लीं।

नीरू की नजर तभी से खाट पर ही लगी थी। अचानक वह चौंककर बोला, "ताऊ, लगता है मुर्दा हिल रहा है।"

गोपाल ताऊ अब अपना काम निपटा चुके थे। कुदाल को एक तरफ फेंकते हुए बोले, "तेरे जैसा डरपोक आदमी तो मैंने कहीं नहीं देखा नीरू! तू ये सब काम करने आखिर आता क्यों है? अब जा, बाकी लकड़ियाँ ले आ। मैं चिता तैयार करता हूँ। गधा कहीं का।"

कुछ क्षण बीत गये। तभी मति अचानक चौंककर पाँच-सात कदम पीछे हटते हुए डरकर बोला, "नहीं ताऊ, मामला गड़बड़ लग रहा है। वाकई मुझे भी मुर्दा हिलता हुआ लगा।"

गोपाल ताऊ जोर से हँस पड़े। हँसते हुए बोले, "तुम सब लड़के मुझे डराना चाहते हो? जिसने हजारों मुर्दों का दाह-संस्कार किया है उसे?"

नीरू ने कहा, "जरा देखिए, मुर्दा इस बार फिर हिला।"

ताऊ ने कहा, "जरूर हिल रहा है, भूत बनकर तुझे खाने के लिए।" उनकी बात खत्म होने के पहले ही रजाई-कथरी से लिपटा मुर्दा घुटनों के बल खाट पर बैठकर बेहद खराब गले से चीखा—"नहीं-नहीं नीरू को नहीं, गोपाल को खाऊँगी।"

अरे बाप रे! हम सभी मुँह उठाकर सीधे भागे। गोपाल ताऊ के सामने लकड़ियों का ढेर लगा था, इससे हम लोगों की तरफ दौड़ने में दिक्कत देखकर वे सीधे गंगा में जाकर कूद पड़े। उस बर्फ जैसे ठण्डे पानी में गले तक डूबकर वे चिल्लाने लगे—"अरे बाप रे, मर गया मैं, भूत ने मुझे मार डाला। राम-राम-राम!"

उधर वह भूत अपने चेहरे से रजाई हटाकर चिल्लाने लगा—"अरे निर्मल, ओ नीरू, अरे ओ मति, डरकर मत भाग, मैं हूँ लालू! सभी वापस लौट आओ।"

लालू की आवाज हमारे कानों में पहुँची। अपनी बेवकूफी से हम सभी शर्माते हुए वापस लौटे। गोपाल ताऊ ठण्ड में काँपते हुए वहाँ पहुँचे। लालू ने उनके पैरों की धूल माथे पर लगाकर शर्माते हुए कहा, ''भारी बरसात में भीगने के डर से आप लोग तो भाग गये। लेकिन मैं मुर्दा छोड़कर कहाँ भागता, इसलिए मैं इस रजाई में घुस गया था।''

गोपाल ताऊ ने कहा, ''बहुत अच्छा किया बेटा! बड़ी बुद्धिमानी का काम किया। अब जाकर अच्छी तरह गंगा मिट्टी से मलकर नहा लो। ऐसा शैतान लड़का मैंने पहले कभी नहीं देखा।''

गोपाल ताऊ ने मन ही मन उसे माफ कर दिया था। उन्होंने महसूस किया कि ऐसा साहस तो उनमें भी नहीं था। इतनी रात को अकेले श्मशान में एक हैजे के मुर्दे के साथ उसी के बिस्तर पर—बाप रे, कोई सोच नहीं सकता।

मगर मुखाग्नि करते वक्त ताऊ ने एतराज किया। कहा, ''नहीं, लालू यह काम नहीं करेगा। उसकी माँ को पता चलेगा तो वह मुझपर बहुत नाराज होगी।''

लिहाजा यह काम खुद गोपाल ताऊ ने ही किया। दाह कर्म के बाद हम लोग गंगा में नहाकर जब लौट रहे थे तब सूरज निकल रहा था।

लकड़सुँघवा

उस बार यह खबर फैल गयी कि बिना तीन बच्चों की बलि दिये रूपनारायण नदी का रेलवे पुल बन नहीं पाएगा। दो बच्चे जिन्दा खम्भों के नीचे दफना दिये गये थे, अब सिर्फ एक रह गया था। एक और का इन्तजाम होते ही पुल तैयार हो जाएगा यह भी अफवाह फैली थी कि रेल कम्पनी ने कुछ लोगों को बच्चे पकड़ने के काम में नियुक्त कर रखा था, वे लोग गाँवों-शहरों में घूम रहे थे। वे लोग कब कहाँ हाजिर हो जाएँगे, कोई नहीं जानता था। उनमें से कोई भिखारी के वेश में, कोई साधु-संन्यासियों के वेश में,

तो कोई डाकू के वेश में लाठी लेकर घूम रहा था। यह अफवाह भी काफी दिनों से फैली हुई थी, इसलिए आसपास के गाँव वाले इस बात से डरे रहते थे कि कहीं कोई लकड़सुँघवा आकर बच्चा चुराकर पुल के खम्भों के नीचे न दफनाये।

किसी के भी मन में चैन नहीं था। हर घर में न जाने कैसा आतंक समाया हुआ था। अखबार की एक खबर ने भी उन्हें और घबड़ा दिया था। कोलकाता में नौकरी करनेवाले लोग आकर बताते थे कि उस दिन बहूबाजार में एक लकड़सुँघवा पकड़ा गया था, कल कड़ेवा में एक आदमी रँगे हाथों पकड़ा गया था। वह लड़के को बेहोश करके अपने थैले में डाल रहा था। ऐसी ही कितनी खबरें थीं। कोलकाता की अलियों-गलियों में सन्देहवश कितने निरीहों पर अत्याचार की खबरें लोगों के मुँह से हमारे गाँव तक पहुँचती रहती थीं। ऐसी जब हालत थी तब हमारे गाँव में भी अचानक एक घटना घट गयी। वही बता रहा हूँ।

सड़क के करीब एक बगीचे में मुखर्जी दम्पती रहते थे। उनके कोई सन्तान नहीं थी। मगर घर-गृहस्थी और दुनियावी मामलों में वे अपनी दखलअन्दाजी किये रहते थे। अपने भतीजे को भी उन्होंने घर से अलग कर दिया था पर उसे कुछ दिया नहीं था, न कुछ देने का विचार ही था। वह आकर बीच-बीच में घर के बर्तनों में अपने हिस्से का दावा करता था। उसकी ताई चिल्ला-चिल्लाकर मुहल्लेवालों को इकट्ठा कर लेती। कहती, हीरू हमें मारने आया था। हीरू कहता, अब यही करना पड़ेगा। एक दिन मारकर ही सारा कुछ वसूल लूँगा।

इसी तरह दिन बीत रहे थे।

उस दिन सुबह-सुबह महाभारत शुरू हो गया। हीरू ने आँगन में खड़े होकर कहा, "आखिरी बार कहे देता हूँ ताऊ, तुम मेरा हिस्सा दोगे कि नहीं, बता दो।"

ताऊ ने कहा, "तेरा कोई हिस्सा नहीं है।"

“नहीं है?”

“नहीं।”

“ठीक है, मैं लिये बिना छोड़ूँगा नहीं।”

ताई रसोई में खाना बना रही थी। बाहर निकलकर बोलीं, “जा, अपने बाप को बुला ला!”

हीरू ने कहा, “मेरे पिता जब जिन्दा रहते तब न आते। मैं जाकर तुम लोगों के पिताओं को बुला लाऊँगा, शायद उनमें से कोई जिन्दा हो। वे लोग आकर मेरा जो हिस्सा बनता है उसका सही तरीके से बँटवारा कर देंगे।”

इसके बाद कुछ देर तक वे आप में एक-दूसरे के खिलाफ जैसी बातें करते रहे, वे लिखने लायक नहीं हैं।

जाने से पहले हीरू कहता गया—“आज ही इसका फैसला करके छोड़ूँगा। यह कहे जाता हूँ। सावधान रहना।”

रसोई से ताई बोली, “ठीक है, जो करना हो कर लेना। तेरे बारे में सब पता है।”

हीरू वहाँ से सीधे राईपुर गया। वहाँ गरीब मुसलमानों की एक बस्ती थी। मुहर्रम के वक्त वे लोग बड़ी-बड़ी लाठियाँ भाँजते हुए ताजिया निकालते थे। उनकी लाठियाँ तेल से चुपड़ी होती थीं और लाठियों के गाँठों में पीतल मढ़े हुए रहते। इसी से काफी लोगों का खयाल था कि उन जैसा लाठी भाँजनेवाला उस पूरे क्षेत्र में और कोई नहीं था। ऐसा कोई काम नहीं था जो वे नहीं कर सकते थे। बस पुलिस के डर से चुप बैठे रहते थे।

हीरू ने जाकर कहा, “बड़े मियाँ, यह अग्रिम दो रुपये रख लो। तुम्हारे और तुम्हारे भाई का। मेरा काम कर दोगे तो और इनाम मिलेगा।”

दो रुपये हाथ में लेकर लतीफ मियाँ ने हँसकर कहा, “क्या काम है बाबू?”

हीरू ने कहा, “तुम दोनों की जाँबाजी को यहाँ कौन नहीं जानता! लाठी के बल पर विश्वास बाबुओं की कितनी जमींदारी हासिल करायी है। तुम लोग चाह लो तो ऐसा क्या काम है जो नहीं कर सकते।”

बड़े मियाँ ने आँख दबाकर कहा, "धीरे से बोलो बाबू! थाने के दारोगा को पता चलेगा तो फिर खैर नहीं। वीरनगर गाँव हम दो भाइयों ने दखल कराया था, इसे वे जानते हैं। मगर हमें पहचान न पाने के कारण ही उस बार पकड़े जाने से बच गये थे।"

हीरू ने हैरानी से पूछा, "कोई नहीं पहचान सका था?"

लतीफ ने कहा, "कैसे पहचानते! सिर पर इतनी बड़ी पगड़ी बँधी थी, गालों में गलपट्टे, माथे पर इतना बड़ा सिन्दूर का टीका। अपने हाथों में छह हाथ की लाठी लेकर जब हम पहुँचे तो लोगों को लगा, हिन्दुओं की यमपुरी से यमदूत चले आये हैं। और वे हमें पहचानते भी कैसे—उस वक्त तो खुद उन्हें अपनी जान बचाने की पड़ी हुई थी। जिसे जहाँ भागने की जगह मिली उधर भागा।"

हीरू ने उसका हाथ पकड़कर कहा, "बड़े मियाँ, एक बार और तुम्हें यह काम करना होगा! हमारे ताऊ न चाहते हुए भी हमारा हिस्सा देने के लिए राजी हैं मगर ताई ऐसी दुष्टा है कि वह एक लोटा तक देने से मना करती है। तुम वैसी ही पगड़ी पहनकर, गलपट्टा और सिन्दूर पोतकर लाठी हाथ में लेकर उसके ओसारे में जाकर खड़े हो जाना। अपनी डकैतीवाली हुंकार से एक बार गरजना, बाकी मैं देख लूँगा। ठीक शाम ढलने से पहले। बस!

लतीफ मियाँ राजी हो गये। लतीफ, महमूद—दोनों भाइयों ने साज-पोशाक पहनकर उसी दिन ताऊ के यहाँ धमकी देने के लिए जाना तय कर लिया। हीरू उसके पीछे-पीछे रहनेवाला था।

एकादशी के दिनभर के उपवास के बाद जगदम्बा ने आँगन में अपने पति के लिए आसन बिछा दिया था। मुखर्जी बाबू नाश्ता करने बैठे थे। थोड़े फल थे और दूध भी था। वात रोगी होने के कारण एकादशी में अन्न उन्हें पचता नहीं था। कच्चे नारियल का पानी पीने के लिए पत्थर के कटोरे को उन्होंने मुँह से लगाया ही था कि ठीक उसी वक्त लतीफ और महमूद दोनों भाई दरवाजा

ठेलकर भीतर घुस आये। काफी बड़ी पगड़ी, वैसी ही बड़ी-बड़ी गलमुच्छें, हाथ में छह हाथ लम्बी लाठी और माथे पर सिन्दूर का लेप। मुखर्जी बाबू के हाथ से पत्थर का कटोरा धम्म से गिर पड़ा। जगदम्बा जोर से चीखीं-- "अरे मुहल्लेवालो, तुम लोग कहाँ हो, देखो हमारे यहाँ लकड़सुँघवा घुस आये हैं।"

सामनेवाले छोटे मैदान में मुहल्ले के बच्चे जमीन पर खाने बनाकर रोज कुछ न कुछ खेलते रहते थे। आज भी खेल रहे थे। वे भी आवाज पाकर चिल्लाते हुए जिधर छुपने की जगह मिली, उधर दौड़े—"लकड़सुँघवा आया है। सब बच्चों को पकड़े लिये जा रहा है।"

हीरू उनका मकान दिखलाने के लिए साथ ही आया था। वह दरवाजे की आड़ में छिपा था। उसने दबे स्वर में कहा, "मियाँ, वक्त नहीं है भागो। मुहल्लेवाले पकड़ लेंगे तो खैर नहीं।" यह कहकर वह भी वहाँ से भाग खड़ा हुआ।

लतीफ मियाँ ने भले ही शहर की और कोई खबर न सुनी हो मगर वह लकड़सुँघवा के बारे में अफवाह तो सुन ही चुका था। अगले ही क्षण उसकी समझ में यह बात आ गयी कि उसका ऐसा चेहरा और ऐसा वेश अगर गाँववाले देख लेंगे तो फिर शरीर की एक भी हड्डी साबुत नहीं बचेगी। लिहाजा वह भी वहाँ से भागा। मगर भागने से होता क्या। रास्ते अनजान थे। रोशनी भी कम हो गयी थी। चारों तरफ से सिर्फ लोगों का शोरगुल सुनाई पड़ रहा था—पकड़ लो, जाने न पाये। देखना बचकर न निकल जाये। छोटा भाई महमूद कहाँ खिसक गया, पता नहीं। मगर बड़े भाई लतीफ को लोगों ने घेर लिया। वह जान बचाने के लिए काँटेदार झाड़ियाँ फलाँगकर एक तालाब में कूद गया। लोग चारों तरफ से घेरकर उसमें ढेला फेंकने लगे। वह जैसे ही सिर उठाता कोई ढेला आकर सिर में लगता। वह फिर अपना सिर पानी में छिपा लेता। फिर वह अभागा सिर उठाता, तब फिर उसके सिर पर ढेला लगता।

लतीफ मियाँ तालाब का पानी पीकर और ढेले खाकर अधमरा हो गया।

वह जितना हाथ जोड़कर कहना चाहता कि वह लकड़सुँघवा नहीं है, वह किसी बच्चे को पकड़ने नहीं आया है, उतना ही लोगों का सन्देह और गुस्सा बढ़ता जाता। लोगों ने पूछा, तो फिर ऐसी पगड़ी और गलपट्टा किसलिए है? उसने चेहरे पर इस तरह सिन्दूर क्यों पोत रखा है? अब तक लतीफ मियाँ की पगड़ी खुल चुकी थी, एक तरफ का गलपट्टा भी—माथे का सिन्दूर धुलकर गालों पर फैल चुका था। मार खाते हुए वह उन लोगों को क्या बताता, और बताता भी तो सुनता कौन?

इस बीच कई उन्मादी लोगों ने पानी में उतरकर लतीफ को खींचकर बाहर निकाला। वह रोते हुए यही कह रहा था कि वह और उसका भाई, दोनों लकड़सुँघवा नहीं हैं।

ऐसे समय मैं संयोग से उस तरफ जा रहा था। हंगामा सुनकर मैं भी तालाब में पास पहुँच गया। मुझे देखकर भड़के हुए लोग और भड़क गये। सभी ने एक स्वर में कहा, "देखिए, हमने एक लकड़सुँघवा पकड़ा है।"

उस आदमी की हालत देखकर मेरी आँखें भर आयीं। वह आदमी कुछ कहने की हालत में नहीं था। गलपट्टा, पगड़ी सिन्दूर और खून से लाल हो गयी थी। वह सिर्फ हाथ जोड़ रहा था और रो रहा था।

मैंने पूछा, "इसने किसका लड़का चुराया है? किसने शिकायत की है?"

उन्होंने कहा, वे नहीं जानते।

"वह बच्चा कहाँ हैं?"

"यह भी पता नहीं।"

"तो फिर इस तरह मार क्यों रहे हो?"

उनमें से किसी बुद्धिमान ने कहा, "लगता है इसने उस लड़के को कीचड़ में दबा दिया होगा। रात में निकालकर ले जाएगा। फिर बलि देकर पुल के नीचे दफन कर देगा।"

मैंने कहा, "मरे हुए व्यक्ति की बलि कैसे दी जा सकती है?"

वे बोले, "वह मरा नहीं है, जिन्दा रहेगा।"

"कीचड़ में गाड़ देने से क्या कोई बच्चा जिन्दा होगा।"

मेरी बात उन लोगों में से कइयों को सोचने लायक लगी। इतनी देर तक उत्तेजनावश इन सब पर उन लोगों को सोचने का समय नहीं मिला था।

मैंने कहा, "उसे छोड़ दो।" मैंने उस व्यक्ति से पूछा, "मियाँ, बात क्या है, सच-सच बता दो।"

मुझसे अभय पाकर उस व्यक्ति ने रोते-रोते सारी बात बता दी। मुखर्जी दम्पती से किसी को कोई सहानुभूति नहीं थी। यह सुनकर काफी लोगों को उस पर दया भी आयी।

मैंने कहा, "लतीफ, तुम घर जाओ। अब कभी ऐसा काम मत करना।"

उसने नाक-कान मलकर खुदा की कसम खाते हुए कहा, "बाबूजी, अब ऐसे काम कभी नहीं करूँगा। मगर मेरा भाई कहाँ गया?"

मैंने कहा, "उसके बारे में घर जाकर सोचना लतीफ! इस वक्त तुम्हारी जान बच गयी, तुम यही खैर मनाओ।"

लतीफ लँगड़ाते हुए किसी तरह अपने घर चला गया।

उसी दिन काफी रात गये अचानक घोषाल पाड़ा में शोरगुल होने लगा। घोषाल बाबू की नौकरानी गोहाल में गाय को चारा देने गयी थी। भूसे की टोकरी खींचते वक्त वह बहुत भारी लगी। अचानक उसमें से एक भयानक शक्लवाला आदमी निकलकर उस नौकरानी के पैरों में गिर पड़ा।

नौकरानी चिल्लाने लगी—"अरे कोई मुझे बचाओ। भूत मुझे खा जाएगा।" मगर भूत ने उसका मुँह दबाकर कहा, "माँ, मेरी जान बचाओ। मैं भूत नहीं आदमी हूँ।"

नौकरानी की चीख-पुकार सुनकर उस घर के मालिक लालटेन तथा कुछ लोगों के साथ वहाँ पहुँच गये। शाम की घटना गाँव के सभी लोगों को मालूम हो चुकी थी। इसलिए बड़े भाई की तरह छोटे भाई की दुर्गति होने से बच गयी। सभी समझ गये कि यह लतीफ का भाई महमूद है, कोई भूत नहीं है।

घोषाल बाबू ने उसे छोड़ दिया। सिर्फ वे उसकी पक्की लाठी लेकर

बोले, "छोटे मियाँ, जिन्दगी-भर तुम्हें आज की बात याद रहे इसलिए इसे ले रहा हूँ। अपने चेहरे का यह सब फालतू रंग धो-पोंछकर चुपचाप अपने घर चले जाओ।"

हताश महमूद ने न जाने कितनी बार झुककर सलाम किया। फिर चुपचाप वहाँ से खिसक गया।

यह कोई बनायी हुई बात मैंने नहीं लिखी। हमारे यहाँ सचमुच ऐसी ही एक घटना घटी थी।

गदाधर

अन्नप्राशन के समय जब मेरा नामकरण हुआ उस समय तक मेरे उतना समझदार न होने के कारण ही हो या दादाजी की ज्योतिष-शास्त्र में ज्यादा जानकारी न होने के कारण हो, मेरा नाम सुकुमार रख दिया गया। ज्यादा दिन नहीं, महज दो साल ही बीते थे कि दादाजी ने समझ लिया कि इस नाम के साथ मेरा कोई मेल नहीं था। इसके तेरह साल बाद की बात बताता हूँ। हालाँकि अपने बारे में जो बता रहा हूँ, शायद ही किसी को इसमें रुचि हो, फिर भी बता रहा हूँ।

मेरा घर एक गाँव में था। वहाँ पर मैं बचपन से ही

रह रहा था। मेरे पिता बाहर नौकरी करते थे। मैं उनके पास कम ही जाता था। मैं ज्यादातर अपनी दादी के पास ही रहता था। घर में मैं उधम मचाये रखता था। कहूँ तो मैं एक नन्हा रावण था। बूढ़े दादाजी कहते—"तू इतना शैतान क्यों है? किसी की बात नहीं सुनता। ठहर, मैं तेरे पिता को चिट्ठी लिखता हूँ।" मैं जवाब में आँखें बचाकर कहता—"दादाजी, अब वे दिन नहीं रहे, मैं अपने पिताजी के पिताजी से भी नहीं डरता। अपनी दादी के पास रहने पर मुझे किसी से डर नहीं लगता।" मेरी दादी भी दादाजी से कहतीं—"कैसा जवाब मिला है! और कुछ कहोगे!"

अगर दादाजी काफी परेशान होकर पिताजी से मेरी शिकायत करते हुए चिट्ठी लिखते तो मैं झट उनकी अफीम की डिबिया छिपा देता। जब तक वे उस चिट्ठी को न फाड़ देते तब तक मैं उनकी डिबिया लौटाता नहीं था। इन सब शैतानियों के डर से खासकर नशे के रंग में भंग होते देखकर वे मुझसे कुछ नहीं कहते थे। मैं भी मजे में रहता था।

मगर इससे क्या होता! हर सुख का समय तय होता है। मेरे साथ भी ऐसा ही हुआ। दादाजी के चचेरे भाई गोविन्द बाबू, जो इलाहाबाद में नौकरी करते थे, रिटायर होकर अपने गाँव लौट आये। उनके पोते रजनीकान्त भैया भी बी.ए. पास करके उनके साथ लौट आये। मैं उन्हें मँझले भैया कहता था। इसके पहले मेरे साथ उनकी कोई खास निकटता नहीं थी। वे अकसर बाहर ही रहा करते थे। गाँव में उनका मकान भी अलग था। आते भी तो मेरे बारे में ज्यादा खोज-खबर नहीं रखते थे। कभी सामने पड़ जाता तो बस इतना पूछते—"तू कैसा है? किस क्लास में पढ़ता है?"

इस बार आकर उन्होंने गाँव में ही रहने का मन बना लिया। इसलिए हम दोनों अब अकसर मिलने लगे। दो-चार दिन के परिचय में ही उन्होंने मुझे इस तरह अपने वश में कर लिया कि उन्हें देखते ही मैं घबड़ा जाता, मेरा चेतरा उतर जाता, मेरे दिन की धड़कन बढ़ जाती—लगता जैसे कितना अपराध किया है, न जाने कितनी सजा मिलेगी। वैसे सच कहूँ तो मैं दोषी रहता भी था। हर समय कुछ न कुछ गलत काम करता ही रहता था। प्रतिदिन ही कुछ गलत करना और लोगों को परेशान करना मेरी आदत बन गयी थी। मगर डरने

के बावजूद मँझले भैया मुझे पसन्द करते थे। एक भाई दूसरे से इतना प्यार करता है, मैं पहले इसे नहीं जातना था। वे भी मुझे बहुत चाहते थे। उनके साथ भी मैंने कितनी शरारत की, मगर वे कुछ नहीं कहते थे। कभी कुछ कहते भी तो मैं सोचता, मँझले भैया कुछ देर बाद सब भूल जाएँगे।

वे अगर चाहते तो मेरी आदतें बदल सकते थे मगर उन्होंने ऐसा नहीं किया। उनके गाँव लौटने के बाद से मैं पहले की तरह आजाद जरूर नहीं था, फिर भी मैं बहुत मजे में था। मैं रोज दादाजी का पैसे-भर का तमाखू हड़प

जाता। बेचारे मेरे डर से खाट के पाये के पास, तख्तपोश के बीच बने सन्दूक में, छप्पर के अन्दर यानी कि जहाँ भी तमाखू रखते थे मैं ढूँढ़-ढाँढ़कर निकाल लेता और उसका सेवन करके ही भोजन करता। पतंग उड़ाना मेरी दिनचर्या थी। अपने साथ कोई झंझट नहीं था। पढ़ना-लिखना एक तरह से छोड़ ही दिया था। मैं चिड़िया मारता, गिलहरी का शिकार करके उसे भूनकर खाना, खरगोश ढूँढ़ने के चक्कर में जंगल के हर गड्ढे की खाक छानता; किसी बात की मुझे कोई चिन्ता नहीं रहती थी।

मेरे पिताजी बक्सर में काम करते थे। वहाँ से वे न मुझे देखने आते थे न मारने आते थे। दादाजी और दादीजी का हाल मैं पहले ही बता चुका हूँ। इसलिए मेरे दिन फिलहाल मजे में ही बीत रहे थे।

एक दिन दोपहर को घर आकर दादी से सुना कि मुझे मँझले भैया के साथ कोलकाता रहकर अपनी पढ़ाई करनी पड़ेगी। दोपहर का भोजन करके तमाखू का चिलम लेकर मैं दादाजी के पास पहुँचा और उनसे पूछा, "क्या मुझे कोलकाता जाना होगा?" दादाजी ने कहा, "हाँ।" मेरे मन में पहले से ही यह बात आ चुकी थी कि यह सब दादाजी की ही चालाकी है। इसलिए मैंने कहा, "ठीक है, अगर जाना है तो मैं आज ही जाऊँगा।" दादाजी ने हँसकर कहा, "इसके लिए चिन्ता क्या है दादू! रजनी आज ही कोलकाता जा रहा है।" मुझे बहुत गुस्सा आया। एक तो उस दिन दादाजी की तमाखू ढूँढ़े नहीं मिली थी, जो एक चिलम मिली भी तो उसका एक मजेदार कश भी लगाया नहीं जा सकता था, उस पर इस तरह की बात। मैं बुरा फँसा था—खुद दावत कबूल करके उससे इनकार नहीं किया जा सकता। मुझे मजबूरन उसी दिन कोलकाता जाना पड़ा। जाते समय दादाजी के पैर छूते हुए मैंने मन ही मन कहा—"भगवान करे कल ही तुम्हारे श्राद्ध में लौटना पड़ जाय। फिर कौन मुझे कोलकाता भेजता है, देखूँगा।"

मैं पहली बार कोलकाता आया था। ऐसा चकाचौंध कर देनेवाला शहर पहले नहीं देखा था। मुझे यह खयाल आया कि अगर इतनी लम्बी-चौड़ी गंगा नदी

के लकड़ी के पुल के बीचोबीच या जहाँ पर ढेर सारे मस्तूलों वाले जहाज खड़े हैं, वहाँ से अगर पानी में गिर जाऊँ तो फिर कभी गाँव नहीं लौट सकूँगा। मुझे कोलकाता में रहना बिलकुल अच्छा नहीं लग रहा था। जहाँ इतना डर हो उस शहर से भला प्रेम हो सकता है! कभी ऐसा हो भी सकेगा, मेरे मन में यह विचार ही नहीं आया।

कहाँ गया मेरा वह नदी का किनारा, वह बँसवारी, मैदान में खड़े बेल के पेड़, मित्तिर बाबू के मकान के कोनेवाला अमरख का पेड़—यहाँ कुछ भी नहीं था। यहाँ सिर्फ बड़े-बड़े मकान थे, बड़ी-बड़ी गाड़ियाँ थीं, घोड़ा गाड़ी थे, बड़े-बड़े दस्ते थे और लोगों की दम घोटनेवाली भीड़ थी। किसी के घर के पीछे ऐसा बगीचा भी नहीं था। जहाँ छिपकर चिलम पी सकता। मेरी आँखों में आँसू आ गये। अपने आँसू पोंछकर मैंने मन ही मन कहा—भगवान ने जीवन दिया है, भोजन भी वे ही देंगे।

मैं कोलकाता के एक स्कूल में भर्ती हो गया। वहाँ मन लगाकर पढ़ने लगा। इसलिए अब सबकी नजरों में मैं अच्छा लड़का था। गाँव में भी लोग मेरी तारीफ करने लगे थे।

हम परिचितों ने एक मेस बना लिया था। उसमें हम कुल चार लोग थे। मँझले भैया, मैं, राम बाबू और जगन्नाथ बाबू। वे दोनों मँझले भैया के दोस्त थे। इसके अलावा वहाँ एक नौकर और ब्राह्मण रसोइया भी रहते थे।

हमारे रसोइये का नाम गदाधर था। वह मुझसे तीन-चार साल बड़ा था। वैसा भला आदमी मैंने नहीं देखा था। वहाँ आसपास और किसी लड़के से मेरी जान-पहचान नहीं थी। एकदम अलग स्वभाव का होने पर भी वही मेरा सबसे अच्छा दोस्त बन गया। उसके साथ मेरी कितनी ही बातें होतीं, जिनका कोई अन्त नहीं था। उसका घर मेदिनीपुर जिला के एक गाँव में था। वहाँ के बारे में, उसके बचपन की बातें सुनना मुझे बहुत अच्छा लगता था। वहाँ की बातें मैं इतना सुन चुका था कि अगर मेरी आँखों पर पट्टी बाँधकर वहाँ छोड़ दिया जाता तो वहाँ पर मैं कहीं भी मजे से घूम सकता था। हर रविवार को मैं उसके साथ घूमने जाता था। शाम को रसोईघर में बैठकर दरवाजा भीतर से बन्द करके हम दोनों बिन्ती खेलते थे। भात खाने के बाद उसके छोटे-से हुक्के

से तमाखू का कश लेते थे। हर काम हम दोनों साथ ही करते थे। मुहल्ले में और किसी से मेरी दोस्ती नहीं थी, मेरा दोस्त-साथी मोचीपाड़ा का भूलो, केलो, खोका, खाँदा—मेरा सब वही था। उसे मैंने कभी जोर से बोलते नहीं देखा था। लोग नाहक ही उसे झिड़कते रहते थे। मुझे बहुत बुरा लगता था, मगर वह किसी को भी पलटकर जवाब नहीं देता था—लगता था जैसे वही दोषी हो।

सभी को खाना खिलाकर जब वह रसोईघर के एक कोने में एक छोटी थाली लेकर खाने बैठता, उस समय कितना भी जरूरी काम हो, सब छोड़कर उसके पास चला जाता था। बेचारे के भाग्य में अकसर कुछ नहीं जुटता था, यहाँ तक कि भात भी उसके लिए कम पड़ जाता। मैं और किसी के खाते वक्त उस जगह मौजूद नहीं रहता था। किसी के खाते वक्त इस तरह भात कम पड़ जाए, तरकारी कम पड़ जाए, मछली कम पड़ जाए, मैंने कभी नहीं देखा था। मुझे बहुत बुरा लगता था।

गाँव में मेरी दादी अकसर अफसोस जताते हुए कहती थीं—यह लड़का पेट-भर नहीं खाता। आधा पेट खाकर सूखकर रस्सी हो गया है। इस तरह जिन्दा कैसे रहेगा! दादी जैसा चाहती थीं, वैसा भरपेट खाना मेरे लिए सम्भव नहीं था। मैं भले ही सूखकर रस्सी हो जाऊँ, मुझे आधा पेट खाना ही अच्छा लगता था। अब कोलकाता में आकर समझ में आया है कि उस आधा पेट खाने और इस आधा पेट खाने में बहुत फर्क है। भरपेट भोजन न मिलने का दु:ख मैंने इसके पहले कभी महसूस नहीं किया था। मैंने गाँव में कितनी बार दादाजी की थाली में जूठा पानी गिराकर उन्हें खाने नहीं दिया था। दादी के बदन पर सड़क के पिल्ले छोड़कर उसके काम में भी बाधा डालता था। वे दोनों कितनी ही बार भूखे उठ जाते थे। मगर मेरी आँखों में कभी आँसू नहीं आये थे। दादा और दादी अपने ही लोग थे—वे मेरे बड़े थे, मुझसे प्यार करते थे—उनके लिए कभी दु:ख नहीं हुआ। अपनी इच्छा से, उन्हें आधा पेट, यहाँ तक कि भूखा रखकर मुझे बहुत सन्तोष होता था। मगर यह गदाधर मेरा कौन लगता था! मगर उसे भूखा देखकर न चाहते हुए भी मेरी आँखों में आँसू आ जाते।

कोलकाता में आकर मुझे क्या हुआ, मैं समझ नहीं पाता था। अपनी आँखों में इतने आँसू देखकर मैं हैरान रह जाता था। मुझे कभी किसी ने रोते हुए नहीं देखा। बचपन में पाठशाला के गुरुजी भी गुस्से में मेरी पीठ पर साबुत खजूर की छड़ी तोड़कर भी मुझे रुलाने की अपनी इच्छा पूरी नहीं कर पाये। मेरे साथी कहते—सुकुमार का बदन पत्थर जैसा है। मैं मन ही मन कहता—बदन पत्थर जैसा नहीं, मेरा मन ही पत्थर की तरह है। मैं बच्चों की तरह बात-बात में रोता नहीं था। असल में रोते हुए मुझे शर्म आती थी। अभी भी आती थी मगर अपने को सँभाल नहीं पाता था। मैं लोगों की नजरों से बचकर, चोरी करने की तरह अपने आँसू पोंछ लेता था।

मैं स्कूल में पढ़ने जाते वक्त सड़कों में ऐसे कुछ भिखारियों को देखता जिनमें से किसी के हाथ नहीं होते थे, किसी के पैर; तो कोई बिलकुल अन्धा होता था। ऐसे न जाने कितने तरह के लोगों को देखता, बताना मुश्किल है। मैंने तो अभी तक माथे पर तिलक लगाकर खँजड़ी गाते हुए 'जय राधे' कहकर भीख माँगने वाले लोगों को ही देखा था। कोलकाता के ये भिखारी मुझे बड़े विचित्र लगे। मैं इन्हें देखकर मन में कहता—भगवान, इन्हें मेरे गाँव में भेज दो। खैर, इन भिखारियों की बात छोड़ी जाय—मैं अपनी बात कहूँ। आँखें काफी अभ्यस्त हो जाने के बावजूद मैं कभी विद्यासागर नहीं बन पाया। बीच-बीच में हमारे गाँव की माँ सरस्वती न जाने कहाँ से आकर मेरे कन्धे पर बैठ जाती थीं कह नहीं सकता। उनके आदेश से मैं जो कुछ सत्कर्म कर लेता था, जिससे अभी भी मुझे सरस्वती से बहुत नाराजगी है। मैं तो हमेशा दूसरों को नुकसान पहुँचाने की ताक में लगा रहता।

एक बार रामबाबू ने शाम को कहीं घूमने जाने के लिए तीन घण्टे तक मेहनत करके अपनी काले पाड़वाली धोती तथा कुर्ते में चुन्नटें डालीं। मौका मिलते ही मैंने खींच-खींचकर दोनों को बिलकुल सीधा करके उसी तरह रख दिया। वे शाम को तैयार होते समय अपने कपड़ों की दशा देखकर निराश होकर बैठ गये। मुझे बड़ा मजा आया। इसी तरह एक बार देखा जगन्नाथ बाबू आफिस जाने का वक्त हो जाने के कारण झटपट खाना खाने बैठे थे। उनसे अब एक क्षण की भी देर सही नहीं जा रही थी। मैंने मौका पाकर उनकी

अचकन की सारी बटनें काट लीं। स्कूल जाते समय एक बार झाँककर देखा तो पाया जगन्नाथ बाबू इस तरह रुआँसे होकर बैठे हुए थे जैसे अभी जोर से रोने लगेंगे। मुझे इतना मजा आया कि मैं रास्ते-भर हँसता ही रहा। शाम को जगन्नाथ बाबू दफ्तर से लौटकर बोले, ''मेरी अचकन की बटनें इस ससुरे गदाई ने चुराकर बेच दी है। इसे यहाँ से भगा दो।'' जगन्नाथ बाबू के अचकन का किस्सा सुनकर मँझले भैया और राम बाबू दोनों को ही हँसी आ गयी पर इन्होंने अपने को सँभाल लिया। मँझले भैया बोले, ''मैंने तरह-तरह के चोरों के बारे में सुना है मगर किसी चोर को अचकन के बटन चुराकर बेचने की बात नहीं सुनी। इस बात से जगन्नाथ बाबू और नाराज होकर बोले, ''उसने न शाम को चुराया न रात को, बस मेरे दफ्तर जाने के वक्त ही चुरा लिया। मुझे कितना परेशान होना पड़ा। आखिर मुझे एक काली फटी अचकन पहनकर दफ्तर जाना पड़ा।''

सभी हँसने लगे। जगन्नाथ बाबू भी हँसे। मगर मुझसे हँसते नहीं बना। मुझे डर लगा कि कहीं ये गदाधर को यहाँ से विदा न कर दें। वह तो भोला-भाला है। शायद वह मुँह से कुछ नहीं कहे। सारा दोष अपने सिर ले ले।

बटन किसने लिया था, शायद मँझले भैया यह समझ गये थे। उस समय बेचारे गदाधर पर कोई जुल्म नहीं हुआ। लेकिन मैंने भी उसी समय कसम खा ली कि कभी ऐसा काम करके किसी को परेशानी में नहीं डालूँगा।

ऐसी कसम मैंने पहले कभी नहीं खायी थी। कभी खाता भी कि नहीं, इसमें सन्देह है। गुरुजी, दादाजी तथा और भी कितने ही बड़े लोगों की कोशिशों से जो कसम मैंने नहीं खायी थी, मगर गदाधर महाराज का चेहरा याद करके ऐसी कसम खा ली। इतने दिनों में वह कसम टूटी है कि नहीं पता नहीं। मगर जान-बूझकर कभी तोड़ी है। ऐसा नहीं लगता।

अब एक और आदमी के बारे में बताता हूँ। अपने नौकर रामा के बारे में। रामा जात में कायथ या सदगोप, ऐसा ही कुछ था। कहाँ का रहनेवाला था। मुझे नहीं पता था। ऐसा होशियार स्मार्ट नौकर अमूमन नहीं मिलता और कभी मिल भी जाए तो इच्छा है कि उससे पूछूँगा कि वह रहनेवाला कहाँ का है।

मैं रामा को हर काम में चरखी की तरह घूमते हुए देखता था। रामा कपड़े

साफ करता होता कि देखता मँझले भैया नहाने बैठ गये हैं। वह उनका बदन रगड़ देता। अगले ही पल वह पान लगाने और सुपारी काटने बैठ जाता। इसी तरह वह हमेशा दौड़ता रहता। मँझले भैया उसे पसन्द करते थे। जाहिर है उसका रुतबा बढ़ गया था। मगर मैं उसे फूटी आँखों देख नहीं पाता था। उस दुष्ट के कारण मैं प्रतिदिन अकसर मँझले भैया की झिड़की सुनता था। खासकर बेचारे गदा को वह हमेशा असहज किये रहता था। मुझे रामा पर बहुत गुस्सा आता। मगर इससे क्या होता, वह तो मँझले भैया का परम प्रिय था। उस पर नाराज होने के और भी कारण थे। पहला कारण यह था कि वह अपना परिचय राम बाबू कहकर देता था। मँझले भैया भी बीच-बीच में राम बाबू कहकर ही बुलाते थे। हमारे राम बाबू को यह सब पसन्द नहीं था। खैर ये सब बेकार की बातें छोड़ता हूँ।

एक दिन शाम को मँझले भैया एक लैम्प खरीद लाये। बहुत अच्छी चीज थी। करीब पचास-साठ रुपये का रहा होगा। सभी के घूमने के लिए निकल जाने पर मैंने गदाधर को बुलाकर उसे दिखाया। गदाधर ने ऐसा लैम्प पहले नहीं देखा था। उसने बेहद खुश होकर उसे दो-चार बार हिला-डुलाकर देखा। इसके बाद अपना काम करने रसोईघर में चला गया। मगर मेरी जिज्ञासा और जग गयी थी। मैं किस तरह चिमनी खोलूँ, उसके अन्दर की बनावट देखूँ। उसे काफी हिला- डुलाकर देखा, कई बार खोलने की कोशिश की मगर वह खुला नहीं। काफी गौर करने पर देखा कि उसके नीचे एक पेंच लगी थी। आखिरकार उसे ही घुमाया। कुछ देर घुमाने के बाद अचानक लैम्प का आधा हिस्सा अलग हो गया। मैं फुर्ती से उसे पकड़ नहीं पाया। उसकी चिकनी मेज के नीचे गिरकर टूट गयी।

उस दिन काफी रात को मैं घूमकर लौटा। मेस में लौटकर देखा। वहाँ का माहौल बड़ा गर्म था। सब गदाधर को घेरे बैठे थे। मँझले भैया बेहद गुस्से में थे। वे गदाधर से जिरह कर रहे थे।

गदाधर के आँसू थमने का नाम नहीं ले रहे थे। कह रहा था, बाबू मैंने इसे

छुआ जरूर था पर मैंने तोड़ा नहीं। सुकुमार बाबू ने मुझे बुलाकर इसे दिखाया, तब मैंने भी देखा। इसके बाद वे टहलने चले गये और मैं रसोई में।

उसकी बातों पर किसी को यकीन नहीं था। आखिर फैसला हो गया कि उसी ने चिमनी तोड़ी थी। उसकी तनख्वाह बाकी थी। उसके रुपये से साढ़े तीन रुपये काटकर दुबारा चिमनी खरीदी गयी। शाम के वक्त जब चिमनी जलायी गयी तब सभी के चेहरे पर खुशी छायी थी, मगर मेरी आँखें भरी हुई थीं। मुझे हमेशा यही खयाल आता रहा कि मैंने ही उसके साढ़े तीन रुपये चुराये हैं। मुझसे रहा नहीं गया। मैं रो-पीटकर मँझले भैया को राजी कर अपने घर चला गया। मैंने सोचा था, दादी से रुपये लेकर छिपाकर साढ़े तीन रुपयों के बदले गदाधर को सात रुपये दे दूँगा। मेरे पास उस वक्त फूटी कौड़ी नहीं थी। सभी कुछ मँझले भैया के पास रहता था। इसीलिए रुपया लाने के लिए मुझे गाँव जाना पड़ा था। मैंने सोचा था वहाँ एक दिन से ज्यादा नहीं रहूँगा। मगर ऐसा नहीं हो पाया। लौटते-लौटते सात-आठ दिन लग गये।

कोलकाता में अपने मेस में पहुँचकर मैंने पुकारा—गदा! कोई उत्तर नहीं मिला। मैंने फिर बुलाया—गदाधर ठाकुर। इस बार भी जवाब नहीं आया।

तब तक रामचरण आ गया था। उसने पूछा, "छोटे बाबू, कब आये?"

"अभी ही। गदाधर कहाँ है।"

"नहीं है।"

"कहाँ गया है?"

"बाबू ने उसे भगा दिया है।"

"भगा दिया है। क्यों?"

"चोरी करने के कारण।"

पहले मैं बात ठीक से समझ नहीं पाया था, इसीलिए कुछ देर रामा की ओर देखता रहा। रामा मेरे मन की बात समझकर शरारत से मुस्कुराते हुए बोला, "छोटे बाबू, आप हैरान हो रहे हैं, मगर आप लोग उसे ठीक से जानते नहीं थे न। इसीलिए उससे इतना प्यार करते थे। वह छुपा शैतान था। उस भीगी बिल्ली को मैं पहचानता था।"

वह किस बात में छुपा शैतान या भीगी बिल्ली था, जिसे मैं समझ नहीं पाया था? मैंने उससे पूछा, "किसका रुपया चोरी किया?"

"मँझले भैया का।"

"रुपये कहाँ थे?"

"कुर्ते की जेब में।"

"कितने रुपये थे?"

"चार रुपये।"

"किसने देखा था?"

"देखा तो किसी ने नहीं था। मगर देखने जैसा ही था।"

"किस प्रकार से?"

"यह भी भला पूछने की बात है? आप यहाँ नहीं थे, राम बाबू ने लिये नहीं, न जगन्नाथ बाबू ने न मैंने। फिर लिया किसने, कहाँ गया?"

"तो क्या तूने उसे पकड़ा था?"

रामा ने हँसते हुए कहा, "और नहीं तो कौन पकड़ेगा?" मैंने परख करके देख लिया।

ठनठन के बने जूते-चप्पल आप आँख मूँदकर खरीद सकते हैं। उस दिन मैंने रामा की पीठ पर उसका जैसा इस्तेमाल किया कोई और चीज होती तो टूट गयी होती। इसलिए मैं कह सकता हूँ वैसे मजबूत जूते और कहीं नहीं बनते।

मैं रसोईघर में जाकर रोने लगा। उस छोटे-से हुक्के पर धूल जम गयी थी। आज चार-पाँच दिनों से किसी ने उसे छुआ नहीं था। किसी ने उसका पानी नहीं बदला था। दीवार पर एक जगह कोयले से लिखा था—'सुकुमार बाबू मैंने चोरी नहीं की है। मैं यहाँ से जा रहा हूँ। जिन्दा रहा तो फिर भेंट होगी।'

तब मेरी उम्र कम थी। उस उम्र की भावुकतावश उसके हुक्के को अपने सीने से लगाकर रोने लगा। ऐसा क्यों किया, इसका मेरे पास भी जवाब नहीं था।

मेरा भी वहाँ पर मन नहीं लगा। शाम के समय घूम-फिरकर फिर रसोईघर में चला गया। वहाँ किसी और को खाना बनाते देखकर अनमना होकर अपने कमरे में आकर पढ़ने बैठ गया। मेरी मँझले भैया से भी अकसर भेंट नहीं होती थी। भात तक मुझे रुचता नहीं था। काफी दिनों बाद मैंने एक दिन रात को मँझले भैया से कहा, "मँझले भैया, आपने ऐसा क्यों किया?"

"क्या ऐसा किया?"

"गदा रुपये नहीं चुरा सकता।"

सभी को पता था कि मैं गदा रसोइये को बहुत चाहता था। मँझले भैया ने भी कहा, "हाँ, मुझे भी लगता है मैंने ठीक नहीं किया सुकुमार! खैर, जो होना था हो गया, मगर रामा को तूने इतना क्यों मारा था?"

"ठीक किया था। मुझे भी क्या यहाँ से भगाओगे?"

भैया ने मेरे मुँह से कभी ऐसी बात सुनी नहीं थी। मैंने फिर से पूछा, "आपके इस तरह कितने रुपये वसूल हो गये?"

मँझले भैया बड़े दुख से बोले, "हाँ, मैंने ठीक नहीं किया था, उसकी तनख्वाह काटकर कुल अढ़ाई रुपये वसूल हुए हैं। मेरी भी ऐसी इच्छा नहीं थी।"

मैं जब सड़क पर भटकता रहता था, उस वक्त दूर से कोई आदमी मैली चद्दर कन्धे पर डाले और फटे चप्पल पहले कोई जाता हुआ नजर आता, तब मैं भागकर उसके पास चला जाता। मगर अफसोस मन की आशा रोज ही निराशा में बदल जाती थी।

लगभग पाँच महीने बाद बड़े भैया के नाम एक मनीआर्डर आया। डेढ़ रुपये का मनीआर्डर। उस दिन भैया को मैंने रोते हुए देखा था। वह कूपन मैंने अभी तक सँभालकर रखा हुआ है।

आज कितने साल बीत गये हैं। आज भी वह गरीब गदाधर रसोइया मेरे दिल का काफी बड़ा हिस्सा घेरे बैठा है।

हरिचरण

लगभग दस-बारह साल पहले की बात है। तब दुर्गादास बाबू वकील नहीं बने थे। तुम लोग दुर्गादास बन्द्योपाध्याय को नहीं जानते, मगर मैं उन्हें जानता हूँ। चलो, तुम लोगों से आज उनका परिचय करवा दूँ।

मेरे बचपन में न जाने कहाँ का एक अनाथ कायस्थ बालक रामदास बाबू के यहाँ आकर रहने लगा था। सभी उसकी तारीफ करते थे। वह देखने में सुन्दर और समझदार भी था। दुर्गादास बाबू के पिता का वह चहेता नौकर था।

घर का सारा काम वह खुद ही करने की कोशिश करता था। गाय को चारा देने से लेकर मालिक को तेल लगाने तक का सारा काम वह खुद ही करना चाहता। उसे हरदम काम में लगे रहना अच्छा लगता था।

उस नौकर का नाम हरिचरण था। घर की मालकिन को उसे इतना काम करते देखकर हैरानी होती थी। बीच-बीच में वे उसे झिड़कती भी रहतीं। कहतीं—''हरि घर में और भी कई नौकर हैं, तू बच्चा है, क्यों इतना खटता रहता है?'' हरि में बस यही दोष था कि वह हरदम हँसता रहता था। वह हँसकर जवाब देता—''माँजी, हम गरीब लोग हैं। हमें तो हमेशा खटना ही होगा। फिर खाली बैठे रहने से भी क्या फायदा।''

इस तरह के काम करते हुए, सुख-स्नेह की गोद में पलते हुए लगभग एक साल बीत गये।

सुरो रामदास बाबू की छोटी बेटी थी। सुरो उस वक्त पाँच-छह साल की थी। हरिचरण के साथ सुरो की अच्छी पटती थी। जब दूध पिलाते वक्त सुरो की माँ को उससे काफी लड़ना पड़ता था और काफी वक्त लगाने के बाद भी जब वह इस काम में सफल नहीं होती थी; तथा दूध न पीने के कारण बेटी के कमजोर हो जाने तथा जिन्दा न रह पाने की आशंका से गुस्से में सुरबाला के गालों को दबाकर भी उसे दूध पिलाने में असमर्थ रहती थी तब हरिचरण की बातों का ही असर होता था।

खैर काफी फालतू बातें कर लीं। अब असली बात कहता हूँ, सुनो। सच बात यह है कि सुरो, हरिचरण को बहुत चाहती थी।

दुर्गादासबाबू जब बीस साल के थे तब की बात बता रहा हूँ। दुर्गादास उन दिनों कोलकाता में पढ़ रहे थे। अपने गाँव आने के लिए स्टीमर से पहले दक्षिण की ओर जाना पड़ता था, इसके बाद भी दस-बारह कोस पैदल चलना पड़ता था। घर आना-जाना बहुत आसान काम नहीं था। इसीलिए दुर्गादास बाबू गाँव में कम ही आते थे।

उनके बी.ए. पास करके घर लौटने पर उनकी माँ की व्यस्तता बढ़ गयी। बेटे को अच्छी तरह खिलाने-पिलाने, उसे कोई तकलीफ न होने

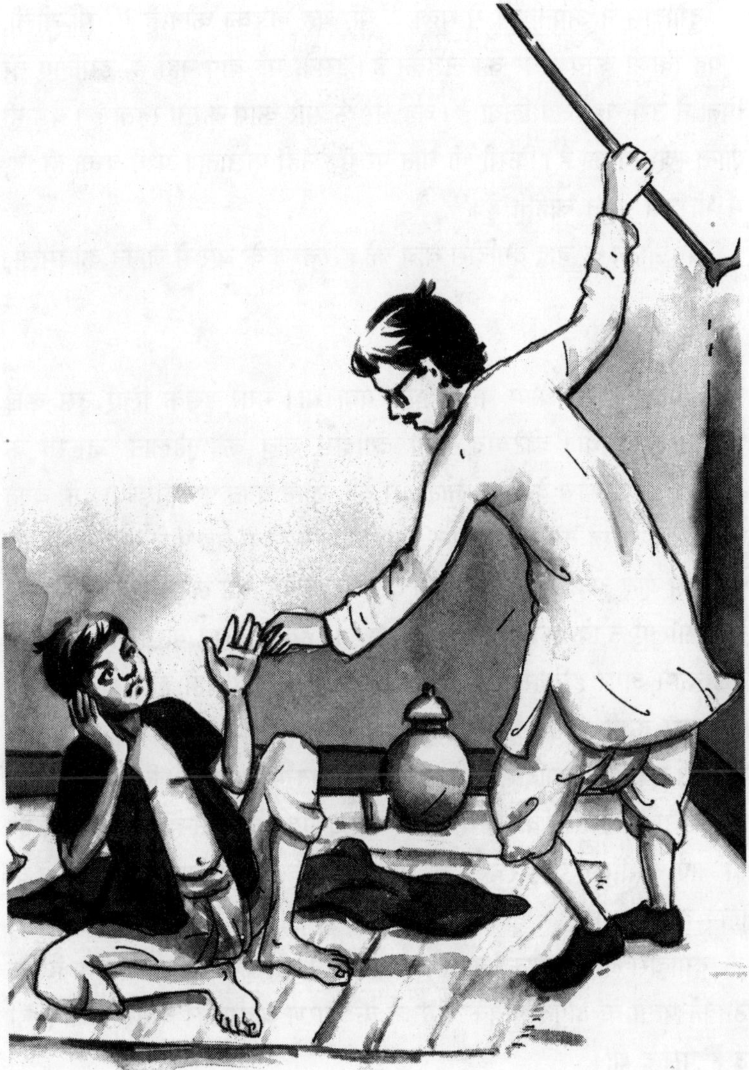

देने के लिए वे बहुत सतर्क रहती थीं। घर के बाकी लोगों का भी यही हाल था।

दुर्गादास ने अपनी माँ से पूछा, "माँ, यह लड़का कौन है?" माँ बोली, "यह किसी कायथ घर का लड़का है। इसके माँ-बाप नहीं हैं, इसलिए तेरे पिता ने उसे यहाँ रख लिया है। वह घर के सारे काम करता रहता है। बड़े ही शान्त स्वभाव का है। किसी भी बात पर मुँह नहीं फुलाता। अभी बच्चा ही है, मैं भी उसे बहुत चाहती हूँ।"

घर लौटने के बाद दुर्गादास बाबू को हरिचरण के बारे में जानने को मिला।

इधर हरिचरण का काम काफी बढ़ गया था। मगर इसके लिए उसे कोई परेशानी नहीं थी। छोटेबाबू यानी दुर्गादास बाबू को नहलाने, जरूरत के अनुसार उनके शौच के लिए लोटा भर देने, ठीक वक्त पर पनडब्बा देने, वक्त पर हुक्का वगैरह तैयार कर उनके सामने पेश करने में वह पीछे नहीं रहता था। दुर्गादास बाबू अकसर हरिचरण को देखकर सोचते, यह लड़का बड़ा बुद्धिमान है। इसलिए उनके कपड़ों में चुन्नट डालने, हुक्का तैयार करने जैसे और भी कई काम अगर हरिचरण नहीं करता तो उन्हें सन्तोष नहीं होता था।

मगर कभी-कभी न चाहते हुए भी कैसे बात बिगड़ जाती है, वही बता रहा हूँ। एक दिन दुर्गादास बाबू को कहीं दावत में जाना था। लिहाजा रात का भोजन उन्हें बाहर ही करना था। और शायद रात को भी उन्हें घर लौटने में देर हो जाए, इसीलिए वे हरिचरण को अपना रोज का काम निपटाकर सो जाने के लिए कह गये थे।

दुर्गादास बाबू रात को बाहरवाले कमरे में ही सोते थे। मुझे लगता है कि उनकी पत्नी के अपने मायके में रहने के कारण बाहरवाले कमरे में सोना ही उन्हें पसन्द था।

रात में दुर्गादास बाबू के बिस्तर बिछाने से लेकर उनके पैर दबाने तक का सारा काम हरिचरण ही करता था। दुर्गादास बाबू के सो जाने के बाद वह, वहीं

पास ही एक कमरे में सोने चला जाता था।

उस दिन शाम होने के पहले हरिचरण के सिर में अचानक दर्द होने लगा। हरिचरण समझ गया कि उसे बुखार आनेवाला है। बीच-बीच में अकसर उसे बुखार आ जाता था। इसलिए उसे अपने शरीर के बारे में पता था। हरिचरण से अब बैठा नहीं रहा गया। वह अपने कमरे में जाकर लेट गया। छोटे बाबू का बिस्तर लगाने की बात उसे याद ही नहीं रही। रात में सभी ने आकर खाना खा लिया पर हरिचरण खाना खाने नहीं गया। दुर्गादास बाबू की माँ उसे बुलाने आयीं। हरिचरण नींद में बेसुध था। उन्होंने उसके बदन पर हाथ रखकर देखा, उसकी देह गर्म थी। वे समझ गयीं कि उसे बुखार हो गया था। इसलिए वे उसे परेशान न करके चली गयीं।

आधी रात हो गयी थी। दावत के बाद दुर्गादास बाबू ने घर लौटकर देखा उनका बिस्तर नहीं बिछा था। एक तो नींद की खुमारी, उस पर रास्ते-भर यही सोचते आ रहे थे कि किस तरह घर पहुँचकर सीधे बिस्तर पर लेटें और हरिचरण से अपने पैर दबदबाते हुए आँखें मूँदकर हुक्का पीते हुए सोने का मजा लें। मगर यहाँ तो मामला कुछ और ही था।

उन्हें बहुत गुस्सा आया। गुस्से के मारे उन्होंने दो-चार बार 'हरि', 'हरि' कहकर आवाज लगायी—मगर उसका कहीं अता-पता नहीं था। वह बुखार के प्रकोप से बेसुध होकर पड़ा था। तब दुर्गादास बाबू ने सोचा, ससुरा सो गया होगा। उन्होंने उसके कमरे में जाकर देखा तो वाकई वह मजे से चद्दर ओढ़कर लेटा हुआ मिला।

उनसे अब बर्दाश्त नहीं हुआ। उन्होंने पूरी ताकत से हरिचरण के बाल पकड़कर उसे उठाने की कोशिश की। मगर वह फिर से बिस्तर पर ढुलक गया। उस समय गुस्से के मारे दुर्गादास बाबू भला-बुरा सब भूल गये। उन्होंने जूते समेत हरि की पीठ पर लात मारी। वह उस मार की चोट से चौंककर उठ बैठा। दुर्गादास बाबू ने कहा, "अहा, मेरा मुन्ना सो गया है, अपने सोने के लिए बिस्तर क्या मैं बिछाऊँगा?" उसी मनस्थिति में उनका गुस्सा और बढ़ गया। उन्होंने अपने हाथ की छड़ी से उसपर वारकर दिया।

हरिचरण जब उस रात को दुर्गादास बाबू के पैर दबा रहा था तब शायद उन्होंने अपने पैरों पर एक टपके हुए आँसू को महसूस किया होगा।

इसके बाद रात-भर दुर्गादास बाबू को नींद नहीं आयी। वह एक बूँद पानी बहुत गर्म महसूस हुआ था। वे हरिहर को बहुत चाहते थे। अपनी विनम्रता के लिए वह सिर्फ दुर्गादास बाबू का ही नहीं, सभी का प्रिय पात्र बन गया था। विशेषकर इधर महीने-भर में वह उनका और प्रिय बन गया था।

रात में कई बार दुर्गादास बाबू को खयाल आया कि वे एक बार जाकर देख आएँ कि उसे कितनी चोट लगी होगी, उसका बदन कितना सूजा होगा। मगर किसी नौकर के पास इस तरह जाना अच्छा नहीं लगता। इसके बावजूद उसका मन कचोटता रहा कि वे जाकर देख आएँ कि उसका बुखार कम हुआ या नहीं। मगर उन्हें शर्म भी आ रही थी। सुबह उठकर हरिचरण उनके मुँह धोने के लिए पानी ले आया। उनका हुक्का तैयार कर दिया। दुर्गादास अगर उस समय भी उसका हाल पूछ लेते तो भी ठीक होता। कुछ भी हो, अभी वह तो बालक ही था। अभी वह तेरह साल का भी नहीं हुआ था। अगर उसे यह बालक समझकर भी एक बार हाथ फेरकर देख लेते कि उनकी छड़ी की मार से उसके बदन पर कितना नील उभर आया था और उनके जूते की चोट से उसे कहाँ सूजन आ गयी थी। एक बच्चे से कैसी शर्म।

सुबह नौ बजे न जाने कहाँ से एक तार आया। इस खबर से दुर्गादास बाबू कुछ घबड़ा गये। उसे खोलकर देखा उनकी पत्नी काफी बीमार थी। उनका दिल बड़ी तेजी से धड़कने लगा। उसी दिन वे कोलकाता के लिए रवाना हो गये। गाड़ी में बैठते हुए उन्होंने मन ही मन कहा—भगवान! लगता है प्रायश्चित करवा रहे हो।

महीना-भर बीत गया। आज दुर्गादास बाबू काफी खुश थे। उनकी पत्नी अब ठीक हो गयी थी। आज उन्हें खाने को दिया गया था।

उनके घर से उसी दिन उन्हें एक चिट्ठी मिली। वह उनके छोटे भाई ने लिखी थी। पत्र के नीचे एक जगह—'पुनश्च' के बाद लिखा था—बड़े दुख की बात है कि कल सुबह दस दिन के बुखार के बाद हमलोगों का हरिचरण मर गया। मरने से पहले उसने कई बार आपको देखने की इच्छा व्यक्त की थी।

अहा! बिना माँ-बाप का एक अनाथ लड़का। दुर्गादास बाबू ने धीरे-धीरे उस चिट्ठी की चिन्दियाँ करके फेंक दीं।

मेरा मेहमान

डाक्टर की सलाह पर मैं हवा बदलने के लिए देवघर गया था। आते वक्त, रवीन्द्रनाथ की वह कविता बार-बार याद आ रही थी—

दवा से, डाक्टर से,
रोग से बढ़ी हुई दूसरी चीजें।
कर दिया मुझे जब बिलकुल जर्जर
कहा बदल आओ हवा-पानी जाकर।

हवा बदलने से अमूमन जो होता है उसे भी लोग जानते हैं, इसके बावजूद जाते हैं। मैं भी गया। देवघर में एक पुरानी चारदीवारी से घिरे बागीचे के बीच बने

एक बड़े मकान में रहता था। रात तीन बजे से ही कहीं आसपास से कोई बेसुरे गले से भजन-गाने लगता था। मेरी नींद टूट जाती थी। मैं दरवाजा खोलकर बरामदे में आकर बैठ जाता था। धीरे-धीरे रात खत्म होने लगती थी, चिड़ियों का आना-जाना शुरू हो जाता था। उन चिड़ियों में सबसे पहले दोयेल आती थी। अँधेरा खत्म होते ही उसका गाना शुरू हो जाता था, इसके बाद इक्का-दुक्का करके बुलबुल, श्यामा, शालिक, टुनटुनी का आना शुरू होता था। पड़ोस के मकान के आम के पेड़ पर, हमारे यहाँ के बकुल कुंज पर, सड़क के किनारे बरगद के पेड़ की फुगनी पर बैठी चिड़ियाँ नजर कभी नहीं आती थीं लेकिन प्रतिदिन उनकी बोली सुनते रहने से लगता था जैसे उनमें से प्रत्येक को पहचानता था। पीले रंग की चिड़ियों का जोड़ा कुछ देर से आता था। चारदीवारी के किनारे यूक्लिप्टस पेड़ की सबसे ऊँची डाली पर बैठकर वे जोड़े हर रोज अपनी हाजिरी बजाते थे। अचानक उन्हें दो दिन से आते न देखकर मैं कुछ चिन्ता में पड़ गया कि कहीं उन्हें किसी ने पकड़ तो नहीं लिया? इन जगहों पर बहेलियों की कमी नहीं थी, चिड़ियों को पकड़कर बेचना उनका व्यवसाय था, मगर तीसरे दिन उन दोनों को फिर लौटकर वहाँ बैठे देखकर अचानक मेरे दिल का बोझ उतर गया।

इसी तरह सुबह बीतती थी। शाम को गेट के बाहर सड़क के किनारे आकर बैठता था। खुद टहल नहीं सकता था इसलिए बाकी टहलनेवालों को बैठे-बैठे देखता रहता था। देखता, मध्यवर्गीय लोगों के यहाँ बीमारों में औरतों की संख्या ही ज्यादा थी। सबसे पहले सूजे पैरोंवाली कम उम्र की लड़कियों का झुण्ड गुजरता था। मुझे समझने में दिक्कत नहीं हुई कि वे बेरीबेरी रोग से ग्रस्त थीं। सूजे पैरों की शर्म ढकने के लिए बेचारियों को कितनी कोशिश करनी पड़ती थी। अब मोजे पहनने के दिन नहीं रह गये थे, गर्मी पड़ गयी थी, फिर भी मैं देखता कुछ लड़कियाँ एकदम चुस्त मोजा पहने रहती थीं। कोई-कोई जमीन तक लटकनेवाली साड़ी पहने रहती थीं, जिससे चलने में उन्हें दिक्कत होती थीं। फिर भी कुतूहली लोगों की नजरों से वे अपनी विकृति को छिपाये रखना चाहती थीं। सबसे ज्यादा दुख मुझे एक गरीब लड़की को देखकर होता था। वह अकेली ही घूमने जाती। उसके साथ उसके घर का कोई

आदमी नहीं होता था, बस साथ में तीन छोटे-छोटे बच्चे रहते थे। उसकी उम्र चौबीस-पच्चीस साल की रही होगी, मगर वह जितनी दुबली-पतली थी, उसका चेहरा भी उतना ही पीला था। लगता था बदन में जरा भी खून नहीं है।

उसे देखकर लगता था उसमें अपना बोझ उठाने की भी ताकत नहीं थी। मगर गोद के बच्चे को उसे उठाये हुए घूमना पड़ता था। अभी छोटा होने के कारण वह खुद चल-फिर नहीं सकता था। मगर उसे किसी के पास छोड़ आने की कोई जगह भी नहीं थी। लड़की की आँखें बेहद थकी हुई लगती थीं। मुझे लगता जैसे मुझे देखकर वह संकोच में पड़ जाती थी। घर के सामने पहुँचकर वह झटपट वहाँ से निकल जाना चाहती थी। फटे पुराने कपड़ों में किसी तरह ढँके अपने तीनों बच्चों को लेकर हर रोज वह मेरे घर के सामने से गुजरती थी। शायद उसे लगता था कि दवा वगैरह से जो फायदा नहीं हुआ, संथाल परगना के उस स्वास्थ्यकर हवा-पानी में उतनी तकलीफदेह सुबह की सैर से ही उसकी तबीयत सुधर जाएगी। स्वस्थ होकर फिर से उसके शरीर में ताकत आएगी, फिर से उसके जीवन में आशा जगेगी और फिर से अपने पति और बच्चों की सेवा करते हुए अपना नारी जीवन सार्थक कर सकेगी। मैं बैठे-बैठे यही सोचता कि इसके अलावा उसकी और क्या चाह हो सकती है? किसी बंगाली लड़की को इससे ज्यादा माँगना भला और कौन सिखाता! मैं मन ही मन आशीर्वाद देता कि वह जितनी जल्दी हो सके स्वस्थ होकर अपने घर लौट सके और जिन तीन बच्चों ने उसकी सारी जीवनी-शक्ति सोख ली थी, उन्हें ही इनसान बनाने के लिए उसे मौका मिल सके। वह किसकी लड़की थी, किसकी औरत थी, उसका घर कहाँ था, मैं कुछ नहीं जानता था—सिर्फ अपने बंगाल की असंख्य औरतों के प्रतीक के रूप में उसने मेरे मन पर गहरा असर जरूर डाला था जो सहसा खत्म होनेवाला नहीं था।

मेरे साथ मेरा एक युवा दोस्त भी आया था। निस्वार्थ भाव से ही वह मेरी सेवा करता रहता था। कोलकाता में बेहद बीमारी के दिनों में उसने मेरी जैसी देखभाल की थी वैसी ही यहाँ भी कर रहा था। वह बीच-बीच में कहता—"चलिए दादा, आज जरा घूम आएँ।" मैं कहता—"तुम जाओ भाई, मैं यहाँ बैठकर इस काम को कर लूँ।" वह कुछ क्षुब्ध होकर कहता—"आपसे भी

ज्यादा उम्र के कितने लोग यहाँ घूमते-फिरते रहते हैं। थोड़ा चलेंगे—फिरेंगे नहीं तो भूख कैसे लगेगी?" मैं कहता—"भूख कम लगे तो कोई बात नहीं, मगर सड़क पर नाहक घूमते रहना मुझे पसन्द नहीं।"

वह नाराज होकर अकेले ही घूमने चला जाता। मगर जाते-जाते सावधान कर देता—"अँधेरे में घर मत जाइएगा। लालटेन लाने के लिए नौकरों को

आवाज लगाइएगा। यहाँ करैत साँपों का भी बड़ा उत्पात है। अमूमन वे शान्त रहते हैं पर उन पर पैर पड़ जाय तो वे नाराज हो जाते हैं।''

उस दिन मेरा दोस्त घूमने गया था। साँझ ढलने में अभी देर थी। मैंने देखा कि कुछ बूढ़े लोग खाना खाकर भरसक तेज चलते हुए अपने घर लौट रहे थे। शायद वे लोग वात रोग से पीड़ित रहे होंगे, दिन ढलने से पहले ही इनका घर में पहुँचना जरूरी था। उनकी चाल-ढाल देखकर मुझे भी भरोसा हुआ, सोचा, मैं भी थोड़ा घूम आऊँ। उस दिन बाहर खूब घूमा। अँधेरा होने लगा था। मैंने सोचा इस सड़क पर मैं ही अकेला हूँ, पर अचानक पीछे पलटकर देखा, एक कुत्ता मेरे पीछे चल रहा था। मैंने उससे पूछा, ''क्यों रे, चलेगा मेरे साथ? इस अँधेरी सड़क पर घर तक पहुँचा सकेगा?'' वह दूर खड़ा अपनी दुम हिलाने लगा। मैं समझ गया, वह राजी है। मैंने कहा, ''तो ठीक है, चल मेरे साथ।''

एक जगह रास्ते के किनारे रोशनी में देखा वह भी बूढ़ा हो गया था। बीमारी से उसकी पीठ के बाल झड़ गये थे। चलते हुए वह थोड़ा लँगड़ा भी रहा था। लेकिन उसे देखकर लगता था कि वह जवानी में काफी ताकतवर रहा होगा। उससे काफी कुछ पूछते हुए मैं अपने घर तक आ पहुँचा। फाटक खोलकर उसकी तरफ देखकर कहा, ''भीतर आ जा। आज तू मेरा मेहमान है।'' वह बाहर खड़ा होकर दुम हिलाने लगा। किसी तरह भी भीतर आने की उसकी हिम्मत नहीं हुई। मेरा नौकर लालटेन लेकर वहाँ आ गया। वह फाटक बन्द करने के लिए आगे बढ़ा। मैंने कहा, ''इसे अभी खुला ही रहने दे। अगर वह भीतर आए तो उसे कुछ खाने को दे देना।'' घण्टे-भर बाद उसके बारे में पूछने पर पता चला वह अन्दर नहीं आया था, कहीं चला गया था।

अगले दिन सुबह बाहर आते ही कलवाले मेरे उस मेहमान पर मेरी नजर पड़ी। मैंने पूछा, ''कल तुझे खाने की दावत दी थी, आया क्यों नहीं?''

जवाब में वह मेरी ओर देखकर अपनी दुम हिलाने लगा। मैंने उससे कहा, ''आज तू यहाँ खाकर जाना। बिना खाये मत जाना। समझा!'' जवाब में वह तेजी से दुम हिलाने लगा। शायद कहना चाहता हो—सच कह रहे हो न?

रात में मेरे नौकर ने आकर बताया, वह कुत्ता आज बाहर के बरामदे के नीचे आँगन में बैठा हुआ है। मैंने अपने रसोइये को बुलाकर कहा, ''वह मेरा

मेहमान है। उसे पेटभर खाना खिला देना।''

अगले दिन खबर मिली वह अभी गया नहीं था। मेहमान होने के बावजूद वह अभी घर में ही था। वह बड़े मजे से इत्मीनान से बैठा हुआ था। मैंने कहा, ''कोई बात नहीं, उसे तुम लोग खाना खिला देना।''

मुझे पता था कि उस घर में रोज ही खाना फेंका जाता था, इसलिए उसे खिलाने में किसी को एतराज नहीं होगा। मगर पाया कि कोई मामूली नहीं, जबर्दस्त एतराज था। हमारे यहाँ के अतिरिक्त भोजन पर हमारे बागीचे के माली की औरत का हिस्सा रहता था। मुझे यह बात मालूम नहीं थी। वह कम उम्र की थी, देखने में भी अच्छी थी और भोजन के मामले में कोई भेद-भाव नहीं था। नौकरों की सहानुभूति उसी के प्रति ज्यादा थी। अतएव मेरे मेहमान को उपवास करना पड़ा। जब शाम को सड़क के किनारे जाकर बैठा, मैंने देखा, मेरा मेहमान वहाँ पहले ही पहुँचकर जमीन पर बैठा हुआ था। घूमने निकला तो वह भी मेरे साथ चल पड़ा। मैंने रास्ते में उससे पूछा, ''आज गोश्त कैसा बना था रे? हड्डियाँ चबाने में अच्छा लगा?'' उसने दुम हिलाकर जवाब दिया। सोचा, उसे भी गोश्त पसन्द आया होगा। मुझे यह नहीं पता था कि माली की औरत ने उसे मारकर भगा दिया था। वह उसे बागीचे में घुसने नहीं देती थी। इसलिए वह सामने सड़क के किनारे बैठा रहता था। उस घर के नौकर भी उसके खिलाफ थे।

अचानक मेरी तबीयत बिगड़ गयी। दो दिनों तक नीचे नहीं जा सका। दोपहर को ऊपर के कमरे में लेटा हुआ अखबार पढ़ने के बाद खिड़की से धूप से गर्म नीले आसमान की ओर अनमना होकर देखता हुआ कुछ सोच रहा था।

अचानक खुले दरवाजे से सीढ़ियों पर किसी कुत्ते की परछाई नजर आयीं। गर्दन बढ़ाकर देखा, मेरा वह मेहमान खड़ा होकर दुम हिला रहा था। दोपहर को घर के सभी नौकर सो गये थे। उनके कमरे बन्द थे। मौके का फायदा उठाकर वह सीधे मेरे कमरे चला आया। सोचा, उसने दो दिन से मुझे नहीं देखा था, इसलिए देखने चला आया था। मैंने उसे अपने पास बुलाया। मगर वह नहीं आया, वहीं खड़े-खड़े अपनी दुम हिलाने लगा। मैंने पूछा, ''तूने खाना खा लिया है? आज क्या खाया है?''

अचानक मुझे लगा कि उसकी आँखें भीगी-भीगी हैं। जैसे छिपाकर मुझसे किसी बात की शिकायत करना चाहता है। मैंने नौकरों को आवाज लगायी। उनके दरवाजा खुलने की आहट पाकर मेरा मेहमान भाग गया।

मैंने उनसे पूछा, "क्यों, उस कुत्ते को कुछ खाने को दिया था?"

"जी नहीं। माली बहू ने उसे यहाँ से भगा दिया है।"

"आज तो काफी खाना बच गया था, वह सब क्या हुआ?"

"माली बहू सब कोंछ-काँछकर ले गयी है।"

हंगामा सुनकर मेरे दोस्त की नींद टूट गयी। वह आँखें मलता हुआ कमरे में आ गया। सब सुनकर मुस्कुराते हुए उसने कहा, "भैया, आप भी खूब तमाशा करते हैं। यहाँ लोगों को खाना नहीं जुटता, आप एक रास्ते के कुत्ते को बुलाकर खिलाते हैं।" दोस्त के पास इससे जोरदार तर्क और कोई नहीं था कि आदमियों को न देकर किसी कुत्ते को दे दिया जाय। यह सुनकर मैं चुप रह गया। इस दुनिया में किसका दावा किसके पास जाकर पहुँचता है, यह उन्हें मैं किस तरह समझाता!

खैर, मेरे मेहमान को बुलाकर लाया गया। उसने फिर से बरामदे के नीचे आँगन की धूल में परम निश्चिन्तता से अपनी जगह बना ली। उसके मन से माली बहू का डर चला गया था। दिन बीतने के बाद शाम को ऊपर के बराण्डे से देखता था। मेरा मेहमान ऊपर की ओर देखता हुआ तैयार खड़ा रहता था। वह हमारे टहलने का वक्त होता।

मेरी बीमारी ठीक नहीं हुई। देवघर से वापस लौटने का समय आ गया। फिर भी बहाने बनाकर दो-चार दिन की देर कर दी। आज सुबह से सामान बाँधने लगा। दोपहर की गाड़ी थी। फाटक के बाहर गाड़ियों की कतार लग गयी। उनमें सामान चढ़ाया जाने लगा। मेरा मेहमान भी उस समय बेहद व्यस्त था। कुलियों के साथ लगातार भागते हुए पूरी चौकसी बरतता रहा कि कहीं कोई सामान खो न जाय। वही सबसे ज्यादा उत्साहित था।

सभी गाड़ियाँ एक-एक कर चल पड़ीं। मेरी गाड़ी भी रवाना हुई। स्टेशन ज्यादा दूर नहीं था। वहाँ पहुँचकर देखा मेरा मेहमान वहाँ मुझसे पहले पहुँचकर खड़ा था। मैंने कहा, "अरे, तू यहाँ भी आ गया?" उसने दुम

हिलाकर जवाब दिया। वह क्या कहना चाहता था मैं समझ नहीं पाया।

टिकट खरीदा गया। सामान लादा गया। दोस्त ने आकर कहा, "ट्रेन छूटने में अब एक मिनट बाकी है।" मेरे साथ जो लोग सामान चढ़ाने आये थे, उन्हें बख्शीश मिली, बस मेरा मेहमान ही इससे वंचित हो गया। गर्म हवाएँ चलने के कारण सामने धूल की चादर तन गयी थी। जाने से पहले उसी में से वह अस्पष्ट नजर आया, वह स्टेशन के फाटक के बाहर खड़ा टकटकी लगाये हमारी ओर देख रहा था। गाड़ी छूटने के बाद मेरा भी घर लौटने का मन नहीं कर रहा था। बस यही खयाल आ रहा था कि मेरा मेहमान घर लौटकर लोहे का फाटक बन्द पाएगा।

उसके अन्दर जाने का उसे कोई तरीका नजर नहीं आएगा। दो-तीन रोज रास्ते में इन्तजार करते हुए उसके दिन बीतेंगे। शायद मौका पाकर खामोश दोपहरी में वह छिपकर आज मेरे कमरे में भी मुझे ढूँढ़ आएगा। इसके बाद रास्ते का कुत्ता रास्ते में ही आश्रय लेगा।

शायद उससे तुच्छ जीव शहर में कोई और नहीं था; फिर भी देवघर निवास के कुछ दिनों की स्मृति मेरे मन में आज भी बनी हुई है।

वह भयानक रात

ठगों के किस्से सभी ने सुने होंगे और हम जैसे बूढ़ों में से काफी लोगों ने देखा भी होगा। किसी समय हुगली, वर्द्धमान आदि जिलों में इनका उपद्रव काफी था। उससे भी पहले अर्थात् दादी के समय सुना है, शाम के बाद किसी भी रास्ते से लोगों का आना-जाना सुरक्षित नहीं था। ये लोग जैसे लोभी थे वैसे ही निर्दयी भी थे। ये लोग झुण्ड में सड़कों के किनारे झाड़ियों में छिपे रहते थे, उनके हाथों में बड़ी-बड़ी लाठियाँ रहतीं और हरे बाँस की छोटी पर मोटी डण्डियाँ रहती थीं, जिन्हें पाबड़ा कहते थे। किसी

राहगीर के गुजरने पर पीछे से वे उस पाबड़ा को निशाना बनाकर मारते थे। वह निशाना अचूक होता था। अचानक पैरों में चोट लगने से वह जब रास्ते पर मुँह के बल गिर पड़ता तब वे सभी भागकर वहाँ आते और लाठियों से उसका काम तमाम कर देते। इसमें कोई जात-विचार, कोई लिहाज नहीं करते थे। इनके हाथों मारे गये लोगों में से अनेक को मैंने खुद भी देखा था।

बचपन में मुझे मछली पकड़ने का नशा था। हालाँकि कोई खास उस्ताद नहीं था—पूँटी, चैला आदि छोटी मछलियाँ पकड़ता था। सुबह होते न होते हाथ में कँटिया लेकर नदी में पहुँच जाता था। हमारे गाँव के किनारे एक छोटी-सी नदी थी। उसमें कहीं भी कमर-भर से ज्यादा पानी नहीं रहता था। हर समय सिवार-काई से भरी रहती थी। अपनी कँटिया में चारा लगाकर उन्हें पकड़ने में हमें बड़ा मजा आता था। अकेले नदी-तट पर मछली के चक्कर में घूमते वक्त अकसर मुझे कीचड़-सिवार से लथपथ लोगों की लाशें नजर आ जातीं। किसी-किसी के सिर से उस वक्त भी खून चूता हुआ पानी को लाल करता रहता था।

उस नदी के दोनों तटों पर घने जंगल थे। पता नहीं कहाँ के आदमी को कहाँ से ठग मारकर ले आते और नदी के कीचड़ में गाड़ देते थे। इसके लिए कभी भी पुलिस को आते नहीं देखा, न गाँव के किसी को थाने में खबर देते देखा था। कौन इस झंझट में फँसता। गाँववाले हमेशा से यही जानते आये थे कि पुलिस के चक्कर में कभी नहीं पड़ना चाहिए। उनसे तीन हाथ दूर ही रहना अच्छा होता है। बाघ के मुँह में पड़ने से भी संयोग से कोई बच सकता है पर उनके चक्कर में पड़ने से नहीं। लिहाजा अगर यह दृश्य किसी को नजर आता भी तो वह आँखें फेरकर चुपचाप वहाँ से गुजर जाता। इसके बाद रात को जंगल से सियारों का झुण्ड निकलकर बड़े समारोह से दावत का मजा लेकर नदी के जल में हाथ-मुँह धोकर घर लौट जाता—उस वक्त लाश का कोई चिह्न भी नहीं रहता था।

एक दिन ऐसा ही हाल मेरा भी होने जा रहा था पर मैं बच गया। वही कहानी सुना रहा हूँ—

मेरी उम्र उस समय बारह साल की थी। छुट्टी के दिन सुबह अपने

कमरे में सबसे छिपाकर पतंग तैयार कर रहा था। तभी मेरे कानों में गाँव दूसरे टोले के नयन बागदी की आवाज आयी। वह मेरी दादी से कह रहा था— ''मुझे पाँच रुपये उधार दो न दीदी ठाकरून। तुम्हारे पोते को दूध पिलाकर चुका दूँगा।''

दादी नयनचाँद को बहुत चाहती थीं। उन्होंने पूछा, ''अचानक रुपयों की क्या जरूरत आ गयी नयन?''

उसने कहा, ''एक बढ़िया गाय खरीदूँगा, दादी! बसन्तपुर में मेरी बुआ का घर है। मेरे फुफेरे भाई ने खबर भिजवायी है कि वह अपनी चार-पाँच गायें सँभाल नहीं पा रहा है। उसमें से वह एक मुझे देना चाहता है। मुझे पता है कि मुझसे वह रुपये लेगा नहीं, फिर भी इतने रुपये साथ रहने ही चाहिएँ।

दादी ने ज्यादा कुछ न कहकर पाँच रुपये लाकर उसे दे दिये। वह प्रणाम करके चला गया।

मैंने सुना था कि बसन्तपुर में बढ़िया कँटिया मिलती हैं, इसलिए चुपचाप उसके पीछे-पीछे चलने लगा। करीब दो मील कच्ची सड़क से चलने के बाद ग्रैण्ड ट्रंक रोड से बसन्तपुर जाना पड़ता था। करीब मील-भर जाने के बाद अचानक न जाने क्यों नयनदा ने पीछे मुड़कर देखा तो मुझपर नजर पड़ी। उसे मुझपर बहुत गुस्सा आया। उसने मुझे समझाया, मेरे लिए वह दस कँटिया काटकर ले आएगा। फिर भी मैं घर जाने के लिए राजी नहीं हुआ। मैंने उससे काफी विनती की, मगर उसने मेरी बात नहीं मानी। मुझे पकड़कर जबरदस्ती घर ले आया। मेरे रोने-धोने से दादी थोड़ी नर्म हुई। मगर नयनचाँद किसी भी तरह नहीं माना। उसने कहा, ''दादी, आने-जाने में आठ कोस से कम का सफर नहीं है, लौटने में रात भी हो जाएगी। मैं मजे से ले जा सकता था, लेकिन रास्ता ठीक नहीं है, खतरा है। अगर दिन रहते लौट नहीं पाया तो अकेले गाय सँभालूँगा कि बच्चे को या खुद को—दादी, क्या करूँगा बताओ तो?''

रास्ते में कैसा खतरा था, उसे इस अंचल के गाँव के सभी लोग जानते थे। दादी ने सुनकर कहा, ''बिलकुल ठीक बात है, तू नहीं जाएगा। अगर इस बार

भागकर गया तो तेरे स्कूल के मास्टर को चिट्ठी भेज दूँगी, वे तुझे पकड़कर पचास बेंत लगाएँगे।''

लाचार होकर उस वक्त मैंने दूसरा तरीका ढूँढ़ा। नयनदा के जाने के बाद तालाब में नहा आने की बात कहकर तेल लगाकर हाथ में गमछा लेकर घर से निकल पड़ा। नदी के किनारे-किनारे वन-जंगल और आम-कटहल के बागीचे के भीतर से होकर दो-ढाई मील भागते-भागते, जहाँ पर कच्चा रास्ता आकर पक्की सड़क से मिलता था, वहाँ जाकर मैं खड़ा हो गया। कुछ ही देर बाद नयनदा को आते हुए देखा। उसने मुझे वहाँ खड़े देखकर पहले तो खूब डाँटा, इसके बाद मैं वहाँ किस तरह पहुँचा, यह सुनकर हँसने लगा। उसने कहा, ''चलो भैया, जो तकदीर में है, देखा जाएगा। इतनी दूर आकर अब लौट तो नहीं सकता।''

नयनदा ने सातगाँव के एक दुकान से लाई-लावा और बतासा खरीदकर मेरी धोती में गठिया दिया। उसे खाते-खाते दोपहर दो बजे बसन्तपुर में उसकी बुआ के यहाँ पहुँचे। बुआ की आर्थिक हालत अच्छी थी। उनके घर के करीब ही कुन्ती नदी थी। नदी छोटी थी मगर उसमें पानी काफी था। ज्वार-भाटा होता रहता था। वहाँ से नहाकर आने के बाद उस घर की बड़ी बहू ने केले के पत्ते पर गुड़-चिवड़ा, दूध-केला आदि देकर हमारे फलाहार का इन्तजाम कर दिया। भोजन के बाद नयनचाँद की बुआ बोलीं, ''बच्चा है, अभी चार-पाँच कोस पैदल चलकर आया है, लौटते वक्त इतनी दूर फिर चलना पड़ेगा। कुछ देर सोकर आराम कर ले, शाम होने पर चले जाना। उनका छोटा बेटा मेरी कँटिया के लिए बाँस तोड़ने चला गया।''

नयनचाँद और मैं इतना थक गये थे कि जब हम सोकर उठे तो शाम के चार बज रहे थे। वक्त देखकर नयनदा थोड़ा चिन्तित हो गया। मगर कुछ कहा नहीं। हम लोग झटपट तैयार होकर निकल पड़े। आते समय प्रणामी कहकर बुआ को वे पाँच रुपये देने चाहे पर बुआ ने नहीं लिये। वह बोलीं, ''अपने बच्चों को इससे बतासा खरीद देना।''

मेरे कन्धे पर छीप का गट्ठर था। बायें हाथ में गाय का पगहा और दाहिने

हाथ में चार हाथ लम्बी लाठी। मगर गाय लेकर तेज नहीं चला जा सकता था। दो कोस जाते न जाते शाम ढल गयी, आसमान में चाँद निकल आया। रास्ते के दोनों तरफ बड़े-बड़े बरगद, पीपल और पाकड़ के घने पेड़ थे जिनकी डालें एक दूसरे से गुँथी हुई थीं। उनके कारण सड़क अँधेरी हो गयी थी। सिर्फ पेड़ों के पत्तों के बीच में हल्की रोशनी सड़क पर कहीं-कहीं पड़ रही थीं। नयनदा ने कहा, "दादाभाई, तुम मेरी बायीं ओर आ जाओ। आगे बायें हाथ से गाय की रस्सी पकड़ लो। मैं तुम्हारे दायीं ओर रहता हूँ।"

"क्यों नयनदा?"

"यूँ ही। चुपचाप चलते रहो।"

मैं बच्चा होते हुए भी समझ गया था नयनदा कुछ घबड़ाया हुआ था।

कुछ देर बाद हम पक्की सड़क छोड़कर कच्चे रास्ते पर आ गये। दोनों तरफ के जंगल और घने हो गये। बड़े-बड़े घने काफी पुराने पाकड़ के पेड़ों की खत्म न होनेवाली कतारों के बीच कहीं इतनी-सी भी जगह नहीं थी जिससे चाँदनी छनकर नीचे आ पाती। शाम को चरवाहे लड़के इसी रास्ते से गायों का झुण्ड लेकर लौटे थे। उनके खुरों की धूल अभी भी महसूस हो रही थी। ऐसे समय सामने पचास-साठ हाथ दूर एक छटपटाती हुई आवाज आयी—"अरे बाप रे, मार डाला रे। कोई आकर मुझे बचाओ। "इसके साथ ही लाठियों से मारने की धमाधम आवाज भी आयी। फिर एकाएक खामोशी छा गयी।"

नयनदा ने स्तब्ध होकर ठिठकते हुए कहा, "हाय, बेचारा मारा गया।"

"कौन मारा गया नयनदा?"

"कोई आदमी।" कहकर कुछ देर चुप रहकर उसने कुछ सोचा, फिर कहा, "आओ दादाभाई, हमें आज काफी सावधानी से चलना पड़ेगा।"

मेरे बायीं तरफ यह सब, दायीं तरफ नयनदा, मैं उन दोनों के बीच में था। बचपन से ही यह सब सुनता आया था, देखता भी आया था इसलिए बच्चा होने पर भी मैं सब समझ गया। 'कोई आकर मुझे बचाओ।' यह शब्द कानों में अभी भी गूँज रहा था। मैंने डरते-डरते कहा, "नयनदा वे सब तो आगे खड़े हैं। हम जाएँगे कैसे? अगर हम लोगों को भी?..."

"नहीं दादाभाई, मेरे रहते नहीं मार सकते। वे लोग ठग हैं—हमें देखते ही भागेंगे, बड़े डरपोक होते हैं।"

गाय लेकर हम दोनों बड़ी सावधानी से आगे बढ़ने लगे। डर से मेरे पैर काँप रहे थे। साँस लेना भी मुश्किल हो रहा था। पेड़ों की छाँह और धूल के अँधेरे से अभी तक कुछ भी नजर नहीं आया था, पन्द्रह बीस हाथ आगे बढ़ते ही देखा, पाँच-छह लोग भागकर पाकड़ के पेड़ की आड़ में छिप गये।

नयनदा ने अचानक खड़े होकर हुंकार मारी—उस वक्त उसकी आवाज बड़ी भयानक थी। उसने कहा, "खबरदार, कान खोलकर सुन लो। मेरे साथ बाँभन का एक लड़का है। अगर पाबड़ा फेंककर मारा तो तुझमें से एक भी जिन्दा लौटकर नहीं जाएगा।"

कोई जवाब नहीं आया। आगे बढ़ने पर मैंने कुछ करीब पहुँचकर देखा, एक आदमी रास्ते की धूल में मुँह के बल गिर पड़ा था। हल्की चाँद की रोशनी उस पर पड़ रही थी। नयनदा ने झुककर उसे देखा और हाय! हाय! कर उठा। उसके नाक-कान से अभी भी खून निकल रहा था और उसके दोनों पाँव थर-थर काँप रहे थे। भिक्षा की झोली उस वक्त भी उसके कन्धे पर थी। मगर उसके चावल बाहर निकलकर धूल में फैल गये थे। हाथ का एकतारा लाठी की चोट से टूट-फूटकर एक ओर पड़ा था।

नयनदा ने सीधे खड़े होकर कहा, "अरे नरक के कीड़ों। तुम लोगों ने नाहक एक वैष्णव की जान ले ली? यह क्या किया!" उसका कुछ देर पहले का भयानक स्वर जैसे दुःख से भारी हो गया था।

मगर इस बार भी कोई जवाब नहीं आया। नयन के दुःख का सबसे बड़ा कारण यह था कि वह भी परम वैष्णव था। उसके गले में तुलसी की मोटी-मोटी मालाएँ थीं। नाक पर तिलक, पूरे अंगों पर तरह-तरह के चन्दन के छापे थे। उसके घर में एक छोटा-सा पूजाघर भी था। रोज सुबह हजार बार इष्टनाम का जप किये बिना वह पानी भी नहीं पीता था। बचपन में पाठशाला में उसने थोड़ा बहुत पढ़ना सीख लिया था, इसलिए अपनी कोशिशों से बड़े-बड़े हर्फों में छपे अक्षर वह आसानी से पढ़ लेता था। वह प्रतिदिन अपने पूजाघर में दिये की रोशनी में बैठकर बटतला से प्रकाशित वैष्णव धर्म की पुस्तकें काफी रात तक सस्वर पढ़ता था। वह मांस नहीं खाता था। उसने संकल्प किया था कि जल्दी ही वह मछली खाना भी छोड़ देगा।

उसके वैष्णव होने का एक छोटा-सा इतिहास था, जिसे यहाँ बता दूँ। इस वक्त वह करीब चालीस साल का था। मगर जब वह पच्चीस-तीस साल का था तो डकैती के एक मामले की लपेट में उसे भी साल-भर की जेल हो गयी थी। उसकी दादी के एक फुफेरे भाई जिले के बड़े वकील थे। दादी ने काफी

पैसे खर्च करके किसी तरह उसे जेल से छुड़वाया था। जेल से निकलकर वह सीधे नवद्वीप चला गया, जहाँ बाल मुड़ाकर किसी गोस्वामी से दीक्षा लेकर तुलसीमाला धारण करके वह गाँव लौटा था। तभी से वह खाँटी वैष्णव हो गया था। नयन जब भी आता, मेरी दादी को दण्डवत प्रणाम करता था। ब्राह्मण की विधवा को छूना मना था। इसलिए वह किसी पेड़ का पत्ता तोड़कर उनके पैरों के पास रखता, वे अपने पैर के अँगूठे से उसे छू देतीं। उस पत्ते को वह बार-बार माथे और छाती पर फेरकर कहता—"दादी ठाकरून, आशीर्वाद करो कि मरने के बाद अच्छी योनि में जन्म लूँ जिससे मैं तुम्हारे पैर छूकर उसकी धूल माथे से लगा सकूँ।" दादी भी हँसकर कहतीं—"नयन, मेरे आशीर्वाद से इस बार तू ब्राह्मण बनकर पैदा होगा।"

नयनचाँद की आँखें भर आतीं। कहता, "उतनी आशा नहीं करता हूँ दादी! मेरे पापों का अन्त नहीं। वह बात भले ही कोई नहीं जाने, तुम जानती हो। तुमसे मैंने कुछ नहीं छिपाया है।"

दादी कहतीं—"तेरे सारे पापों का अन्त हो गया है नयन। तेरे जैसे आस्तिक, भगवान में विश्वास करनेवाले इस दुनिया में और कितने हैं। तू धर्म के रास्ते से कभी मत डिगना, तुझे अगले जन्म की चिन्ता करने की जरूरत नहीं।"

नयनचाँद अपने आँसू पोंछते हुए चला जाता। दादी उसे हाँक लगाकर कहतीं—"कल आकर प्रसाद ले जाना नयन, भूलना मत।"

यह सब मैंने अपनी आँखों से कितनी बार देखा है। लिहाजा जो वैष्णवों की जी-जान से सेवा करता है, उसकी हत्या से उसके दिल को ठेस लगेगी और वह गुस्से से तिलमिला उठेगा, इसमें हैरानी की कोई बात नहीं थी। उसने कहा, "एक गरीब वैष्णव भिखारी दिनभर भीख माँगकर शाम को घर लौट रहा था, न जाने उससे क्या मिलने की आशा में तुम लोगों ने उसे मार डाला। उससे दो-चार पैसों से ज्यादा तो नहीं मिलेंगे। जी करता है तुम लोगों को भी इसी तरह पीट-पीटकर मार डालूँ।"

इस बार पेड़ की आड़ से जवाब आया—"दो-चार पैसे ही कौन देता है रे? तेरे पुरखों का भाग्य अच्छा है कि इस बार तेरी जान बच गयी। अब ज्यादा धर्म कथा सुनाने की जरूरत नहीं। भाग यहाँ से।"

उसकी बात खत्म होते न होते नयनचाँद शेर की तरह दहाड़ उठा—"क्या कहता है बदमाश! भाग जाऊँ यहाँ से? तुम जैसे लोगों के डर से?" फिर उसने अपनी गाँठ से पाँच रुपये निकालकर उसको खनखनाते हुए फिर उसे दूसरे हाथ की मुट्ठी में लेकर बोला, "अगर मर्द है तो इतने रुपयों का मोह अब मत छोड़। ले सकता है तो सभी एक साथ ले जा। मगर फिर से सावधान किये देता हूँ—मेरे बाबा ठाकुर के बदन पर अगर तिनके से भी खरोंच लगी तो फिर तुम सबको हमेशा के लिए सड़क पर लिटाकर ही घर जाऊँगा। मैं शीतला का नयन बागदी हूँ—कोई ऐसा-वैसा नहीं। पूछता हूँ, तुम सबने मेरा नाम सुना है या यूँ ही लाठी हाथ में लेकर भिखारियों को मारते फिरते हो। दुष्ट कहीं के; सियार के बच्चे!"

पेड़ के नीचे सन्नाटा छा गया। कुछ क्षण चुप रहकर नयन ने फिर से और ज्यादा कटुता से कहा, "क्यों रे—आओगे, या इन रुपयों को फिर से गाँठ में ही रखकर घर जाऊँ?"

कोई जवाब नहीं मिला। सड़क पर दो-तीन पाबड़े पड़े हुए थे। नयन ने एक-एक करके उन्हें उठाकर कहा, "चलो दादाभाई, अब घर चलें। रात हो गयी है। तुम्हारी दादी भी तुम्हारे लिए काफी परेशान हो रही होंगी। वे लोग सियार-कुत्तों के पिल्ले हैं न, लोगों के पास क्यों आएँगे? तुम हाथ में अपनी छीप लेकर भी उन्हें धमकाते हुए आगे बढ़ोगे तो भी वे भाग खड़े होंगे दादाभाई।"

इस बीच मेरा डर खत्म होकर साहस लौट आया था। मैंने कहा, "उन्हें धमकाने जाऊँ?"

नयनचाँद हँस पड़ा बोला, "रहने दो दादाभाई, जरूरत नहीं है। वे लोग मारें भले न मगर दाँत से काट तो सकते ही हैं।"

हम लोग फिर चल पड़े। नयनचाँद इस वक्त खामोश था। मेरी किसी भी बात पर वह हाँ या नहीं के अलावा कुछ नहीं कह रहा था। कुछ दूर आगे बढ़ते ही वह एक बड़े पेड़ की अँधेरी छाँह में आकर ठिठक गया। उसने कहा, "नहीं दादाभाई! आँखों से देखकर इन्हें इस तरह छोड़कर मैं जा नहीं सकता।

ब्राह्मण-वैष्णव की जान लेने का बदला मैं लूँगा ही।''

''किस तरह बदला लोगे नयनदा?''

''उनमें से एक को भी क्या मैं नहीं पकड़ पाऊँगा? तब दोनों मिलकर उसे भी पीट-पीटकर मार डालेंगे।''

लाठी से पीटने की खुशी से मैं जैसे पगला गया। जैसे यह कोई नये प्रकार का खेल हो। मैंने उनके बारे में कितनी भयानक बातें सुनी थीं, मगर सब झूठ लगीं। नयनदा ने मुझे जाने नहीं दिया नहीं तो मैं उनपर हमला बोलकर उसमें से एक को पकड़ ही सकता था। मैंने कहा, ''नयनदा, तुम सख्ती से एक आदमी को पकड़े रखना, मैं अकेले ही उसे पीटकर मार डालूँगा। लेकिन अगर मेरी छीप टूट जाये तो?''

नयन फिर से हँसकर बोला, ''वे सब छीप की चोट से नहीं मरेंगे दादाभाई! यह लाठी पकड़ लो।'' यह कहकर उसने सड़क से उठाये उन पाबड़ों को मेरे हाथों में देकर कहा, ''गाय लेकर जरा यहाँ खड़े रहो दादाभाई! मैं अभी एक-दो बदमाशों को पकड़कर ला रहा हूँ। मगर शोरगुल, रोना-पीटना सुनकर डर मत जाना।''

''नहीं, डरने की क्या बात है! हाथ में यह लाठी तो है ही।''

नयन ने बाकी दोनों पावड़ों को बगल में दबा लिया। अपनी बड़ी वाली लाठी उसने दायें हाथ में ले ली, इसके बाद सड़क छोड़कर जंगल से सटकर घुटनों के बल चलता हुआ वह फिर से पीछे की तरफ चल पड़ा। उन ठग लठियालों ने सोचा था, हम लोग चले गये हैं। निश्चिन्त होकर वे उस मरे हुए भिखारी की गाँठ टटोलते और उनकी झोली झाड़ते हुए देख रहे थे कि उसके पास कितना माल है।

अचानक उनमें से एक की नजर थोड़ी दूर पेड़ के पीछे खड़े नयनचाँद पर पड़ी। उसने डरते हुए जोर से पूछा, ''वहाँ कौन खड़ा है रे?''

''मैं, नयन बागदी। अब तू वैसे ही खड़ा रह। भागने की कोशिश करेगा तो मरेगा।''

लेकिन नयनदा की बात खत्म होते न होते मुझे उनके भागने की आवाज सुनाई पड़ी। और उसी के साथ अस्फुट करुण स्वर में कोई रोता हुआ जोर से एक झाड़ी पर गिर पड़ा।

नयन ने चिल्लाकर कहा, "एक ससुरा पकड़ में आ गया है दादाभाई, बाकी सब भाग गये हैं।"

वह शुभ समाचार पाकर मैं खुशी में उछलने लगा। मैंने चिल्लाकर कहा, "उसे पकड़कर ले आओ नयनदा, मैं उसे पीटकर मारूँगा। तुम उसे मत मार डालना।"

"नहीं दादाभाई, तुम ही मारना।"

फिर एक करुण आवाज कानों में आयी। शायद नयनचाँद ने लाठी से उसे कोंचा होगा। कुछ क्षण बाद एक आदमी को लँगड़ाते हुए आते देखा। उसके पीछे-पीछे नयनदा को भी। मेरे पास आकर उस आदमी ने फूट-फूटकर रोते हुए मेरे पाँव पकड़ लिये। नयनचाँद ने उसे खींचकर खड़ा किया। उस आदमी का चेहरा देखकर मैं सिहर गया। उसके मुँह पर स्याही पुती हुई थी। उस पर सफेद चूने की बुँदकियाँ पड़ी हुई थीं। वह जितना दुबला-पतला था, उतना ही लम्बा था। उसके कपड़े देखकर लगते थे जैसे उसने चिथड़ा पहन रखा हो। वह उस वक्त भी रो रहा था। नयनचाँद ने जोर का चाँटा मारकर उससे कहा, "चुप कर दुष्ट! जो पूछ रहा हूँ उसका ठीक से जवाब दे। तुम कितने लोग थे? तुम लोगों का घर-बार कहाँ है और नाम क्या है?"

पहले तो उस आदमी ने बताने में आनाकानी की, मगर पीठ पर एक घूँसा खाकर अपने साथियों का नाम-धाम बता दिया।

नयनचाँद ने कहा, "यह ध्यान रखना, मैं भूलूँगा नहीं।" फिर उसने पूछा, "उस वैष्णव ठाकुर के गिरने पर तूने कितनी लाठियाँ मारी थीं?"

"शायद पाँच-सात।"

नयनचाँद ने दाँत भींचकर कहा, "ठीक है, पाँच-सात बार ही सही। इस बार ठीक उसी तरह लेट, जिस तरह उस वैष्णव ठाकुर को लेटे हुए देखा। हाँ दादाभाई, अब आगे बढ़कर अपने हाथ के डण्डे से पाँच-सात बार ऐसा

कसकर मारो कि इसकी जान निकल जाय। देखना है तुम्हारे हाथों में कितनी ताकत है। तू ससुरा देर क्यों कर रहा है, लेट जा।'' कहकर उसका कान पकड़कर बीच सड़क पर बिठा दिया और जोर-से दो-तीन लात उसकी पीठ पर मारकर रास्ते की धूल में उसे गिरा दिया। फिर मुझसे कहा, ''अब देर न करो दादाभाई!''

फिर मुझे चुप देखकर बोला, ''ठीक है मैं ही इसे मारता हूँ।''

''नहीं नयनदा, उसे मत मारो।''

वह आदमी लात खाकर गिरने के बाद जरा भी हिल-डुल नहीं रहा था न अपनी जान की दुआ माँग रहा था। उसके मुँह से एक शब्द भी नहीं निकला।

मैंने कहा, ''चलो, इसे बाँधकर थाने में ले जाएँ।''

यह सुनकर नयनचाँद जैसे चौंक उठा—''थाने में? पुलिस के पास?''

''हाँ। इसने जिस तरह किसी आदमी की जान ली है उस तरह इसे भी फाँसी की सजा हो। जैसी करनी वैसी भरनी।''

नयनचाँद कुछ देर चुप रहा। इसके बाद उसे लाठी से कोंचते हुए बोला, ''अरे उठ!''

मगर उसमें कोई हरकत नहीं हुई। नयन ने कहा, ''ससुरा, मर गया क्या! बिलकुल दुर्बल सिंह है। लगता है दो दिनों से पेट में अन्न का दाना नहीं गया होगा ऐसे में लोगों का शिकार करने निकल पड़ा होगा। जा ससुरा, भाग मेरी आँखों के सामने से। उठकर चुपचाप घर चला जा।''

मगर वह उसी तरह पड़ा रहा। नयनचाँद ने तब झुककर उसके नाक के पास हथेली ले जाकर कहा, ''नहीं, मरा नहीं है। बेहोश हो गया है। होश आने पर खुद ही घर लौट जाएगा। चलो हम भी घर चलें। काफी देर हो गयी है। तुम्हारी दादी चिन्ता में बैठी होंगी।'' मैंने चलते वक्त कहा, ''उसे छोड़ क्यों दिया नयनदा? पुलिस को सौंप देते तो अच्छा होता।''

''क्यों दादाभाई?''

''उसे फाँसी हो जाती। हमारी किताब में लिखा है कि किसी का खून करने पर फाँसी की सजा होती है।''

''ऐसा लिखा है दादाभाई?''

"हाँ। यही तो उचित सजा है। हम लोगों ने पढ़ी है।"

नयनचाँद थोड़ा हँसकर बोला, "मगर सब उचित तो इस दुनिया में नहीं होता, दादाभाई!"

"क्यों नहीं होता नयनदा?"

नयनदा ने तुरन्त कोई जवाब नहीं इिया। थोड़ा सोचते हुए कहा, "शायद इस दुनिया में सबके द्वारा पकड़वाने का काम नहीं हो पाता इसलिए।"

क्यों लोग ऐसा नहीं कर पाते, क्यों कोई आदमी ऐसा गलत काम करता है, इसका रहस्य न उस दिन पता था न आज ही। फिर भी यही बात सोचते-सोचते कुछ आगे बढ़ने के बाद मैंने पूछा, "मगर नयनदा, ये लोग तो फिर से लोगों की जान लेना शुरू कर देंगे।"

नयनचाँद ने कहा, "नहीं, दादा! अब ऐसा काम नहीं करेंगे। मेरे जिन्दा रहते ये लोग ऐसा काम नहीं करेंगे।"

उसके इस जवाब से मुझे सन्तोष नहीं हुआ। ऐसे लोगों को फाँसी होती तो ज्यादा अच्छा होता। मैंने कहा, "मगर वे लोग पकड़े जाने से बच तो गये। उन्हें सजा नहीं हुई।"

नयनचाँद अनमना होकर कुछ सोच रहा था। उसने कहा, "क्या पता, शायद कभी इसकी सजा मिल ही जाये।" अगले क्षण सजग होकर बोला, "दादाभाई, मुझे तो इसका जवाब नहीं पता, तुम्हारी दादी को जरूर पता होगा। तुम बड़े होने पर कभी उनसे यह बात पूछ लेना।"

मगर मुझमें बड़े होने का धीरज नहीं था। घर पहुँचकर मैंने उन खूनियों पर विजय पाने का आँखों देखा हाल, बस डर से अपने हाथ-पैर काँपने जैसी कुछ फालतू की बातें छोड़कर, अपने हाथों और चेहरे के हावभाव से अपनी दादी को विस्तार से बता दिया। उन्हें बताया कि गाय खरीदने के चक्कर में रास्ते में हमारे साथ क्या घटा! दादी ने सबकुछ सुनकर एक गहरी साँस ली। फिर मुझे अपने सीने से लगाकर कुछ देर खामोश बैठी रहीं।

नयनचाँद इतनी देर तक चुप बैठा सुन रहा था। मेरी बातें खत्म होने के बाद उसने वे पाँच रुपये दादी के पैरों के पास रखकर कहा, "गाय तो हमें यूँ

ही मिल गयी। तुम्हारा रुपया दीदी, तुम्हारे पास ही लौट आया। न मेरी बुआ ने इसे लिया न न तुम्हारी मँझली बहू के भाइयों के गिरोह ने रास्ते में लिया।"

दादी थोड़ा हँसकर बोलीं, "मँझली बहू से भेंट होगी तो तेरी यह बात उससे कह दूँगी। मगर ये रुपये मैं नहीं लूँगी नयन! इनसे अपने ठाकुरजी का भोग लगा लेना। मगर एक बात तुझसे आज कहती हूँ नयन, तू अभी भी पूरा वैष्णव नहीं हो पाया।"

"क्यों दीदी?"

"वे लोग क्या तेरी तरह रुपये खनकाकर लोगों को बहलाते हैं? अगर वे लोग अपना लालच न सँभाल पाकर हमला कर देते?"

"फिर तो और भी पाँच-छह लोगों की लाशें वहाँ गिरा देता। उससे नयन के पापों के बोझ पर, भला और कितना पाप चढ़ता दीदी!"

दादी कुछ नहीं बोलीं। इस इशारे का अर्थ वे समझती थीं और नयनदा को तो पता ही था। मगर उसने भी आगे कुछ नहीं कहा। वह दूर से दादी को दण्डवत प्रणाम करके, उन रुपयों को अपने माथे से छुआकर चुपचाप बाहर निकल गया।

✪✪✪